那些渐行渐远的爱情

米立 著

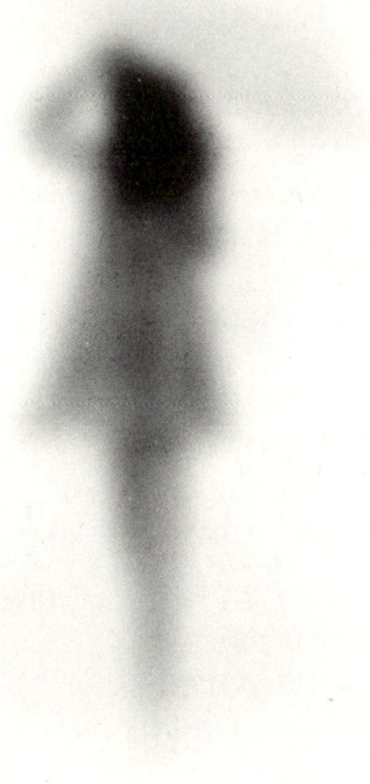

哈尔滨出版社
HARBIN PUBLISHING HOUSE

图书在版编目（CIP）数据

那些渐行渐远的爱情 / 米立著.—2版.—哈尔滨：哈尔滨出版社，2016.11
（心灵感动系列）
ISBN 978-7-5484-2614-1

Ⅰ.①那… Ⅱ.①米… Ⅲ.①故事-作品集-中国-当代 Ⅳ.①I247.81

中国版本图书馆CIP数据核字（2016）第233721号

书　　名：那些渐行渐远的爱情

作　　者：米　立　著
责任编辑：杨淈新　马丽颖
责任审校：李　战
封面设计：Amber Design 琥珀视觉

出版发行：哈尔滨出版社（Harbin Publishing House）
社　　址：哈尔滨市松北区世坤路738号9号楼　　邮编：150028
经　　销：全国新华书店
印　　刷：哈尔滨市久利印刷有限公司
网　　址：www.hrbcbs.com　　www.mifengniao.com
E-mail：hrbcbs@yeah.net
编辑版权热线：（0451）87900271　87900272
销售热线：（0451）87900202　87900203
邮购热线：4006900345　（0451）87900345　87900256

开　　本：787mm × 1092mm　1/16　印张：15　字数：180千字
版　　次：2016年11月第2版
印　　次：2016年11月第1次印刷
书　　号：ISBN 978-7-5484-2614-1
定　　价：29.80元

前　言

庆幸遇见

你还好吗？

当你看到这些文字的时候，说明我的这本书已顺利面世，那么，首先这是应该值得庆幸的，庆幸于我的这些心情碎片，在某一日，被你遇见。

它们是开在墙角的雏菊，沉寂着，等一场庞大的惊喜，那便是被你发现，掂起来，感受你指间的温暖，问候你眸底的流年。

而这一切终会达成。

那么谢谢，谢谢命运赐我们不尽相同的忧喜哀乐，谢谢于千万年间千万人间千万种相遇之间的这一场遇见。

我总是如此琐碎，牵牵绊绊。

谁又不是呢？

那个从怀抱里走出后，蹒跚学步的孩童；那个眼神澄澈的少年；第一次爱过的人；听到一半就落泪的歌；某个城市上空，大片的云朵；台灯，星辰，你模糊的容颜；第十五个，或者是第二十七个春天；外婆门口的枯井；园子里年迈的藤；你车窗外烟灰色的傍晚，沉寂成绝望的瞳孔的颜色……

他们都走了。

渐行渐远。

一别经年。

周云蓬在歌里唱着，没有窗亮着灯，没有人在途中。

他是我最喜欢的盲人歌手。

未来或者回忆，其实莫过如此。

我们从来，一个人。

于是在暗黑的夜里，在朱红色的酒樽上看到自己的倒影，就哭了，又冷，又瘦。

你呢？

总之是遇见了，你我，抑或你的手指，我的扉页。

那么，问声好吧。

或许有叶子正从你窗口飘落，或许风很清凉，星星很多，或许炉火很旺，晨曦初破……

而一切都将被时光束之高阁。

唯一能说的，莫过于用呢喃的语气呐喊一句，我们遇见过。

那么，就当这本书是个礼物吧，送给我所爱的人，送给你们。

目录

第一章　暖爱

暖爱：城市怒放的夜晚，盛开出一大朵一大朵的寂寞，然后有人就着一盏灯，或者一杯酒，就那么哭了。于是开始相信真的是有爱情的，真的爱过，但其实爱情在这一刻已然被曲解。因为，真正的爱情是我爱你，无论刀山火海、风阻雨隔、荣华富贵、贫困没落我们都要在一起，不离，不弃。因为是谁说过，亲爱的，我爱你，如爱我身！完整的爱情是惨遭解剖的健全的身体，只能是实验道具，不如学着缝合吧，一针，一线，一心，一意……

第二章 枝节

枝节:我系过的围巾,写过的小纸条,在天桥上偶遇的男人温暖灿烂的微笑,墙角的小花,叫不上名字的草,捧了奶茶给我的,而记不清她容颜的老阿妈,我爱过的你们。某个手臂上,那块银白色的腕表,那些没等到答案的问题,还有那些没有发出去的短信息,你们好吗?想我了吗?你们是我断了线的珍珠链子,不小心就被谁扬了出去,扬成参差星斗,我抬头看得见,生里,死里,俯里,仰里……

第三章　流　年

流年:你是被谁派来爱我的?我又是谁派来爱你的呢?我在你一侧,我如此喜悦。一直这么,很幸福地觉得,我们是能打开同一扇门的钥匙,是同一个餐桌上,永远码放在一起的餐具,我们是同一棵树上的叶子,是一起飘下来的雪……总之,是有那么一个人,安排着,指使着,然后用一根叫血脉的道具,将我们紧紧联系。于是你笑的时候,我便扯起了嘴角,你伤心,我的泪便一再掉落,如此一生,不分,不散,不离,不弃……

第四章　腔　调

腔调:总是得说点什么的,闲言,碎语,这似乎是一种义务,为舌头,为走过的路,为未果的爱情,为方式,策略,品性,或者计谋。不敢言经验之谈,不过乎点滴浅见。像雨天傍晚,陌生的街道里,我与你迎面而过,难免会回头轻唤一句,前面有水洼的,我刚走过,无非是希望你比我更顺意一些,你听,或者不听,心愿还是要奉过去的,愿君此生,早安,午安,心安,体安……

第一章 暖爱

暖爱：城市怒放的夜晚，盛开出一大朵一大朵的寂寞，然后有人就着一盏灯，或者一杯酒，就那么哭了。于是开始相信真的是有爱情的，真的爱过，但其实爱情在这一刻已然被曲解。因为，真正的爱情是我爱你，无论刀山火海、风阻雨隔、荣华富贵、贫困没落我们都要在一起，不离，不弃。因为是谁说过，亲爱的，我爱你，如爱我身！完整的爱情是惨遭解剖的健全的身体，只能是实验道具，不如学着缝合吧，一针，一线，一心，一意……

1. 渐行渐远的真知——爱情的后来

是谁说过的，我们要先学会生存，再学会生活。我想，爱情也是属于生活的吧。而我们，也是在有了生存能力的前提下，才可以考虑如何去感受生活的。

她爱他，却仿佛总是爱不对，总是爱不好，爱到他从她的世界里逃掉，七年的时间，一了百了。

她坐在宽大的原木窗台上，看玻璃外面人流如织的街道。沿着这条街往前走，拐一个弯，再走过七八站，穿过一个十字路口就是火车站了。七年前，他在站台上望眼欲穿地等她，她携着单薄的行囊和满腹的心事。她离开了自己的城，离开了自己的父母，离开了自己的亲戚、朋友，她只有他的怀抱可以依靠了，他说他会一辈子都对她好。一辈子有多远，她不知道。她只知道，有他在身边，她会安然如一株四月的樱草。只是如今，爱她的他逃掉了。

她揣着一只大瓶子走出屋子，沿着光影稀疏的街道一个人游荡，每路过一间药店她都会进去购几片安定片放在自己的瓶子里。华灯初上的时候，她已经购得了满满一瓶子安定片，她满意而归，颊上却是满满的泪，涌出，滴落，滴在她和他曾经走过的街道上。

回到家，她铺开雪白的信纸给他写最后一封信，字里行间，尽是七年来的点滴过往。

数天后，当他看到那封信的时候，在这座城市里，他再也找不到她的影子了。

信中，她说：“这一生爱过你是件幸福的事情，只可惜我们的一辈子只有七年。我沿着来时的路回到了自己的城市，那里有我的父母、朋友。我想，这个世上除了时间没有回不去的地方。我买了足够多的安定片，它们能在我思念的间隙，帮我抢来一些安稳的睡眠，我已经没有你了，我不想再没有健康的身体。别了，我爱的人，只是很遗憾在我还爱着你的时候，你已经不再爱我了，不过，这一生，这一世，我一牵一念里都有你曾经给过我的好。”

是的，如果没有爱情了，有一个健康的身体也是好的。

形色各异的爱情故事有很多，但结果却有很多的相同。是谁说过的，我们要先学会生存，再学会生活。我想，爱情是属于生活范畴吧。而我们，也是在有了生存能力的前提下，才可以考虑如何去感受生活的。倒不如，先把自己照顾好，然后再期待有一个人走进你的生命，像翻阅一本好书，你一边写，他一边读，如此这般，过完一生。

2. 渐行渐远的勇气
——你用什么愿望，多少勇气，捏成爱情的模样

他手里是一个不圆不方的小玩意，各色的橡皮泥绞杂在一起，倒还真有点地球仪的感觉。她客气地夸他这么小就会捏地球了。他说他想要个地球，所以他就有了个地球。

她语气淡定地跟他说分手，心里却明白，她是爱他的，一如既往。

他是即将留洋的博士，而她只是一个痴情的平常女子。他们的

爱情一直不被看好，不被祝福。她也同样在这桩爱情里看不到幸福的结局。她不知道，他经过七年的异国之旅后是否还能找到回来的方向。

关于这桩爱情她唯一的想法就是决绝地跟他说分手，然后一个人继续前行，假装不再爱他，假装不去想念。她不能用七年的青春去做爱情的赌注，不是不想，只是不敢面对错失全局的杯盘狼藉。她以为早一点儿了结会少一点儿痛。

他对她的说辞不闻不问，他说他会回来的，他目光深邃，他语气坚定。

她看着他的客机腾空而起，泪如泉涌。

她选择离开这座城市去遗忘一切。列车穿梭在夜空下陌生的地域。她对面的"男人"神情专注，他只有三岁。他把一盒五颜六色的橡皮泥捏在手心里，揉成一团。这让她想到残忍，每一块橡皮泥都有自己的颜色，她无法想象将它们揉成一团需要多大的勇气。

不一会儿，他走过来趴在她的膝上说："阿姨，看我的地球漂亮吗？"他手里是一个不圆不方的小玩意，各色的橡皮泥绞杂在一起，倒还真有点地球仪的感觉。她客气地夸他这么小就会捏地球了。他说他想要个地球，所以他就有了个地球。

那一刻，她觉得她比这个三岁的"男人"还要渺小，她甚至连个美好的愿望都不敢再有。

她在中途下了火车，打车返回到了他的城市。她要用七年的时间等他，即便他并不一定会履行誓言，她也会坦然，她相信，只要对爱情心存向往，那么，要等的那个人一定会回来。

其实，对爱情的愿望就像手中的泥巴，而我们就是在玩泥巴的那个心无纠葛的孩子。愿天下所有有情人，善良的人，都能用最美好的愿望捏成爱情幸福的模样。

3. 渐行渐远的赞赏——冰雕里的爱情秘笈

如果你一直挚爱一样东西，不想让它消失无影，那么，就一定要在它所归属的环境里改变它，而不可漫无边际。

她爱他，爱到霸道。他的一举一动、一言一行，她都希望是她想要的模样，而他却总是会有或多或少的不足。她会恼怒，却不言离弃，只是尽了心、拼了命地想将他改变，改变成自己最喜欢的样子。如花的年龄和殷实的家境一直让她觉得，她无所不能。

而他，只是一个穷学生，固执、强硬，因为爱她，他会做一些退步，但他对种种并非适合他的改变坚决抱排斥的态度。

她会花数百元去看一场豪华的演出，且表情从容。他的门票她也支付，但他做不到表情从容。一场演出的门票就是父亲一个月的工资，可以维持一家三口的日常开支。他是一个穷孩子，与生俱来的东西里，没有贵族的表情。

她带他去酒会，送他得体的西装，规定他说话的方式，走路和举杯的姿势，可他做不到一个绅士的模样。他喜欢白T恤、牛仔裤，喜欢无所顾忌地谈笑风生，喜欢推心置腹地跟朋友交际。

她不开心的时候，可以把昂贵的瓷器砸得稀碎，可以歇斯底里，可以疯狂哭闹。这样的时候，她想让他哄她，像哄一个孩子。而他，总是平静地坐在一边，很沉着地把道理说给她听。说实话，他不喜欢她的无理取闹，但他爱她，他觉得爱情和爱情以外的东西都无关，所以，她的诸多行为并没有影响到他对她的如海挚爱。

他也并非全是好脾气，偶尔会发作。但一个人的时候，他会后悔，他会劝慰自己，下一次，一定要学着适应，可以不改变，但不能让她因此不快乐。他就这样，一点一点地退着，而她却一步一步逼近。最终，他决定放弃，这样的爱情让他疲惫不堪。

最后一次见面，他把地点选在冰雕馆，她拉着他的手，因为一无所知，还快乐得像个孩子。造型独特、做工精致的各款冰雕让她目不暇接，而他却急急地拉着她去了冰雕馆的操作间。他向那里的师傅讨了一块冰和一把雕刻刀，然后拉着她走出了冰冷的操作间。

在冰雕馆外面的长椅上，他把冰和雕刻刀递给她，告诉她，想雕什么就雕什么。

她微笑着接过他手上的冰块和雕刀，她想，她要把这块冰雕成他的样子。整个上午，她甚至一言不发，一直在忙碌着，雕他的额头，雕他的眼睛，雕他的下巴……她觉得，她无所不能。然而，最初的想法和最后的结局却是全然相反的，她没能把那块冰雕成他的样子，却让那块冰在她的手中消融成她脚下的一摊冰水。

他以为她会扔掉手里的刀，生气地走开。他甚至想好了，当她生气的时候，他一定不会去劝她，应该决绝地转身走开。可是，让他意外的是，她紧紧握着雕刻刀，在小小的那摊水边蹲了下去，再仰起头的时候，他看到了她脸上的泪。

如果你一直挚爱一样东西，不想让它消失无影，那么，就一定要在它所归属的环境里改变它，而不可漫无边际。对一块冰的挚爱，就是在它能存在的环境里让它更加完美；而对于一个人的挚爱，首先要让自己迁就到对方的环境里，再陪着他一起慢慢改变。这些，是他想要讲给她的道理，而在他还未开口的时候，她却说了出来。这个藏在冰雕里的爱情秘笈缓解了一场爱情危机。

4. 渐行渐远的纯真——散装的红颜

她喜欢散装的一切，包括爱情。像商场里散装的糖，真实、纯粹、一目了然，没有虚伪，没有粉饰。

他们在一次聚会上认识，她如花的红颜让他眷恋，他像喜欢其他女子一样喜欢上她。

他送她各样的礼物，他有足够多的钱使每一样礼物都奢华，而她只收下礼物，却将华丽的包装盒还给他。

他不解。她却心知肚明，她喜欢散装的一切，包括爱情。像商场里散装的糖，真实，纯粹，一目了然。没有虚伪，没有粉饰。

她也想要这个心仪男子的散装的爱情，可是，自知，要不到。他是个可以有许多爱情的男人，却不会对其中任何一桩负责，所以，她把自己放在角落。

他送的巧克力，她吞下，融进血液。

他送的化妆品，她用着，渗进细胞。

他送的情侣表，她戴着，等她红颜不在了，他不在了，它还可以陪着她。

他送的东西，她都让它们和自己有关，而那些华丽的包装，不要也罢。

流年如水，她就这样站在角落的位置，把自己有限的青春以秒为单位拆分成一堆旷世的红颜，都为他留着，他要多少，拿多少，等他不要了，她再收拾余下的苍老。

她懂，婚姻是给红颜和苍老打的包，而他只要红颜，不要苍老。

所以，在这桩爱情里，她没有奢望。

她把自己的心事都记在日记本里，被他看到。四十年了，第一次，他为一个女子而鼻子发酸。他不是没有散装的爱情，只是他一直没有等到合适的买家。

之后的清晨，他捧着一束香水百合出现在她门前，他说他有一辈子散装的爱情想要出卖，但她得用她短暂的红颜和漫长的苍老来交换。她站在门里，俏笑嫣然。

如果有一名女子为你准备好了散装的红颜，她一定是爱你的，那么，请连同她的苍老一起收购，这是一条幸福的捷径。

5. 渐行渐远的信仰——爱情的图腾

你见过雨天赶路的人吧？如果她在走出去第一站的时候没有回头，走出去第二站的时候没有回头，那么，她大抵是不会回头了。事情往往便是这样，越是走出去的远了，便越是不好回头了。

大学毕业后，最常逛的一个地方，便是商场的首饰柜台，那时候，那么热爱钻戒，也那么强烈地渴望，有个优秀的男人，能承担起我对爱情的所有幻想。

这是女友的婚礼教给我的爱情定律，我认定了，所有的女子，都必须，而且一定要遇到自己心爱的人，戴上他赠的钻戒，然后与其柴米油盐地过完一生。

是的，我不奢求浮华的生活，但钻戒是一定要有的。于是，我就那么等呀，等呀……

第一年，我等到的是个毛头小子，他很穷，为了存钱买房子，甚至开始戒烟戒酒。可是我爱他呀。便试图说："我们可以暂时住父母家，但你能不能先买枚钻戒给我？"男孩当着我的面说："好呀，等我有了钱，别的女人有的，我都要让你拥有。"彼时，真是感动了一回，就在我开始觉得有没有钻戒并不重要的时候，却听到了男友说的，又被别人复制到我这里的话——这么物质的女人，哪来的爱情，骗鬼吧！

第三年，等到的男人是可以做朋友的那种，我把爱情和友情作了N番对比，还在含糊不清的时候，男人却捧了漂亮的首饰盒来。看到盒子的一刹那，我跟自己说，嫁给他吧，至少，他是主动给我买钻戒的人。可是，在打开盒子的时候，我却有些不知所措，盒子里装的是一枚宝石戒指，的确很漂亮，但不是我想要的钻戒。像那个男人，可以做好朋友，却不是我爱的那种。戒指我收下了，付了他1357元的戒指钱。

第四年，一个老男人把一笔足够买钻戒的钱推到我面前说："存起来吧，我会给你日常花销，这些钱留着，以备应急。"我把钱存了，将存折给了那个老男人。

第六年，遇到的男人只和我谈文学，谈诗歌，他不谈钱，更不谈钻戒。我跟他说，我是个很俗的女人，他说的话，我听不懂。

第七年，我又遇到了我第一年遇到的那个毛头小子，那时候，他已经不穷了，他有了车有了房子，他说那会儿误解了我，也买了钻戒给我。可是，我遗憾地发现，我已经不爱他了。也是在那个时候，才晓得，钻戒并非我的唯一图腾。一直以来，只是想有个心爱的人能帮我圆了一个年少的梦。想必，爱是前提。

你见过雨天赶路的人吧？如果她在走出去第一站的时候没有回头，走出去第二站的时候没有回头，那么，她大抵是不会回头了。事情往往便是这样，越是走出去的远了，便越是不好回头了。所以，至此，一直等着，有个心爱的人，能心甘情愿地买了钻戒给我。他可以穷一点儿，老一点儿，我依然会很欢喜地与他一起享受岁月。

6. 渐行渐远的本真——所有的爱情都不是童话

所有的爱情都不是童话，也不是花，它只是我爱你，和你一起经风历雨，然后苍老迟暮；过平静的岁月，看云舒卷，花开落。

很多人都在用很多美好的事物形容爱情，譬如童话，譬如花。的确，这是人们对美好爱情的终极向往，无可厚非。然而事实是，没有几个人的爱情能一直和风细雨，暖阳普照。更没有人能一直爱得像童话一样美满，像花一样安详。因为，所有的爱情都不是童话，也不是花。

我是一个女子，爱着别人，也被别人爱着。说这些，只是想验明正身，告诉你，我亦如你一样，是渴望爱情的，而且更加渴望它能功德圆满。不是我不喜欢童话，也并非我不艳羡花。我亦有过很多关于爱情的美好梦想，但当我在尘埃里安静下来，静静地发芽长大后，我开始明白，所有的爱情都不是童话，也不是花，它只是我爱你，和你一起经风历雨，苍老迟暮。

那个时候，上高中吧，喜欢上邻班的一个男生，他却喜欢着另外的女子。某一日，又见书上说校园后面的荒坡上生长着狗尾巴花——就是传说中的回头草，只要你用心种下它，许很多愿，梦就能成真，爱就能回来。于是，我用生活费买了最漂亮的花盘，移植很多回头草回来，许了很多愿。

后来，回头草死了又生，生了又死，三年的时间耗完了，许过的愿已经不计其数，而我爱的那个男孩，他依然不知道我爱着他。毕业的时候，在操场的角落里摔了那只花盆。那时候，很不明白，为什么我的爱情没有像童话那样开场。

之后好几年，又遇上心仪的男子。与他一起郊游，在沙滩，阳光很晒。他说“你等会儿我，我马上回来”。于是等着，开始想象：过不了一刻，他会捧着花，被晒得汗流浃背地回来。却枉然，汗流浃背的他回来时，只带了一把伞和几瓶冰水。想要的幻象没有实现，爱情便开始变得寡淡，不久后，分了手，以为会有王子等在路上。

其后的好多年和好多人的好多经历，没有一场像童话，也没有一个人能让我感觉我是个公主。误解，争吵，背叛，伤感。于是，常常忧伤，与快乐无缘。在最后，垂头丧气地把自己嫁给了一个还算不讨厌，而且会做饭的男人。

自此以为一生的梦想是实现不了了，却意外看到往日光艳的女友愁苦的脸。她是按着我的童话路线嫁给了她心仪的男人，却为何会有不快乐？不过人家的日月，是不懂得人家的苦恼的。等她说明了，才晓得，她的爱情也并非如童话，有误解，有争吵，有埋怨，有无奈。跟她开玩笑说，“离婚吧，找个王子”，她笑说，“哪舍得？”

曾试想过，如果换我是她的话，我会如何把那一份爱恋经营得风生水起，了无遗憾。可事实是，眼前的风和日丽，已经让我舍不得离开了。我开始依恋那个我不算太讨厌的男人，我喜欢上了他抽烟的样子，喜欢吃他做的饭。尽管，他很不像个王子。

但他会在鱼缸的水浑了的时候，把清澈的水换上；他会在厨房系着围裙弄得锅碗叮当作响；他会在阴雨的天气替我收回晾在阳台上的衣服；他会在我看书的时候将书房的灯光调得更亮一些。

他没送过我成捧的玫瑰，没送过我任何惊喜，可是他给了我一大堆安静踏实的日子，还给了我偶尔的争吵和不快乐。那些争吵和不快乐很像是点缀在布上的细碎花朵，日子便显得不寂寞。

也是在这样的时候，才开始明白，所有的爱情都不是童话，都不是花。没有人给我们水晶鞋、南瓜车，也没有那么多的王子出现。所谓爱情，它只是我爱你，和你一起经风历雨，然后苍老迟暮，过平静的岁月。只可惜，在我很年轻的时候，我不懂得。我一直在用完美去要求我的爱情，所以，我与许多本来可能有缘的人，一错，再错。

7. 渐行渐远的渴望——总有人等在你必经的路上

是的，我们从来都不需要以卑微的姿态渴求爱情的救赎，因为总会有那么一个人，带了你最需要的东西，等在你必经的路上。

情人节的下午，她一直怯怯地坐在自己的位置上，看身边的同事间或收到送花人送来的大捧玫瑰，她不敢挤上去凑热闹，佯装低头工作，佯装心无涟漪。

其实，她内心里早已经风起云涌般热闹着，硬生生的，觉得有些疼。

二十八岁了，这是个很尴尬的年龄，她不晓得要以怎样的姿态去祈祷一场爱情的救赎，而最初的王子，在岁月里早已经模糊了容颜。十八岁，到二十八岁，其间十年，有不同的男人从她的路上路过，又赴了各自的前程，到最后只有这个慈悲的男人舍得将大把的时间留在她身边，却竟然连她的生日都记不住，更不要说情人节这样浪漫的日子了。她觉得，不悲伤是没有理由的。

好几次，她借接水的机会跨到窗口，期望从偌大的落地玻璃上看到他手捧鲜花从马路对面走过来的情景，楼很高，但她双目澄澈，数次的期待都统统落空。

时钟开始指向下班的钟点，周围的人已经开始收拾东西，准备去赴美丽的约会，她觉得，她那么孤独。

有那么一刻，她甚至有这样的想法，如果今天，他不来，不送花给她，那她就离开吧，找一个陌生的男人，过普通的生活，木偶一样，看潮起潮落。她有些想哭了，十年，让她最初的骄傲荡然无存，就连最后的卑微都将要全身而退。

罢了，罢了！这样想着的时候，却见办公间的门被人轻轻推开，双手空空的男人走到她桌边。周围的同事都投来好奇的目光，她连抬头微笑的力气都没有了。或许，二十八岁，注定了要与浪漫失之交臂，这时却意外地发现他从右边的裤兜里拿出一串崭新的钥匙，他说："嫁给我吧，我想给你一个家。"

泪水忍不住湿了脸颊，她怎么也不会想到，这个不起眼的男人，在她很尴尬的二十八岁，用一串钥匙了结了她所有的不甘和期待。她想，她是幸福的。其实，从始至终，她想要的最好的礼物就是一串可以打开家门的钥匙，却从来没有一个男人舍得送给她这样的礼物。

是的，我们从来都不需要以卑微的姿态渴求爱情的救赎，因为总会有那么一个人，带了你最需要的东西，等在你必经的路上。

8. 渐行渐远的真心——点一盏灯需要多少时间

一次等待让他明白了妻子给他的并不是一秒钟就可以摁亮的灯，而是一场准备好了要倾其一生的爱情。否则，她不会有那么多的耐心和那么多的询问。

他和妻子结婚的时候都很穷，妻子用买首饰的钱买了一盏落地灯放在客厅靠窗的位置，以后的每个晚上妻子都会摁亮了灯等他回来。开始的时候每次晚归看着自家窗口柔和的灯光他都会觉得很幸福，他有一个家，家里有个爱他的女人。尔后的岁月流转中，他的事业蒸蒸日上，而那种幸福的感觉却随着穿梭的日月渐渐地淡了，妻子的等候和妻子的灯让他感觉像是一根风筝的线，而他就是线那头渴望自由的风筝。

他爱上了婚姻外面的女子，婚姻外面的女子不会问他在哪儿，在干些什么，和谁在一起，几点回来。这让他感觉很轻松。

他喜欢这种极轻松的感觉，于是，他开始和妻子撒谎，他利用一切的借口和机会与外面的女子厮守。对妻子他是有些愧疚的，但那种愧疚会很快地在他和那女子的缠绵中烟消云散。只是，在他偶尔回家的晚上窗口的那盏灯依然会亮着。

某天，他不打招呼地去了那女子的住所，她不在，他开着灯抽烟，等她，想给她一个惊喜。等待是一个奇怪的容器，将时间放进去就会显得莫名的冗长。他躺在灯影里抽了许多烟，想了许多事情。临近晨曦的时候他摁灭了最后一支烟，女子没有回来，他悄然离开。

他在那个温暖的清晨回了家，将妻子拥入怀中。

往后的日子，他断了和女子的交往，每天尽量按时回家。一次等待让他明白了妻子给他的并不是一秒钟就可以摁亮的灯，而是一场准备好了要倾其一生的爱情，否则，她不会有那么多的耐心和那么多的问询。

爱情是油，等待是灯，那么，请不要让你身边爱你的人在一次次灯亮灯灭的等待里将她的爱情耗费殆尽。

9. 渐行渐远的信念——买一朵云种在你肩上

我也一直在积攒着那些用以购买云朵的银子，它们是等待、思恋以及信念。

我们还都是孩子的时候，有一次，我因为母亲的埋怨而心生委屈，你替我擦拭着腮边的泪水，却找不出一句用以安慰的话语。

而后，你便指着天上的云说，来吧，我给你讲一个和云有关的童话。

那一日的天空美丽异常，纯白的云一朵挨着一朵，像一种少不经事，又欲语还休的诉说。

你讲的童话里也有美丽的公主和英俊的王子，他们相知相惜，相互懂得。在王子即将出征沙场的前一刻，美丽的公主说："亲爱的，你想让我送你什么当做礼物?"王子说："请用你的首饰换成银子，再用你的银子为我买一朵云吧，还请你把那朵云种在我的肩上，那样，它就会在我热的时候为我遮阳，冷的时候为我挡风，而在我归来的时候，你也会一眼便从庞大的队伍里认出我。"

公主这样做了。她用她所有的首饰换得了足够多的银子，又用这些银子买了最漂亮的一朵云种在王子的肩上。而在归来的队伍里，公主却没有在庞大的人群里找到她披着云彩的王子。之后的每一天，当她望向天空的时候，她都会觉得欣喜、安然。那么多的云彩，每一朵后面都有一个英俊的王子，它们为她轻吟低唱，祈祷祝福……

我不是公主，我也不想用天空的云彩来想象你的样子，因为我不喜欢距离。但是，从那一刻起，我就有了一个小小的梦想，我也要买一朵云，种在你肩上，即便千万种的可能发生以后，我还能一眼就从红尘里找到身披云霞的你。

我和你，和我的梦想就这样悄悄地长大，而动荡的城市却让我们彼此分离，杳无音信。但是，那个没有出处的童话我却一直记得，还有那个随时随地都可以让我嘴角上扬的，曾经稚嫩却经年不变的梦想。

我也一直在积攒着那些用以购买云朵的银子，它们是等待、思恋以及信念。我一直觉得，此刻，你一定就在离我不远的某一个角落看着我，像看一只独舞的天鹅。只是，亲爱的，我不孤单，我懂，你是在给我时间，当我真的可以为你购买一朵云彩的时候，你定会出现。这样的想法也总是让我感觉快乐。

我有足够多的勇气，即便耗尽终生，也一定要让梦想达成。也许我们此生无缘，你会有你的公主，我也会有我的王子，但我还是想为你买一朵云彩，然后留一张纸条在上面，告诉你，亲爱的，这是我为你买的云彩，只为你一人，请将它种在你的肩上，那样，它就会在你生命的每一个日升日落里向你传达我的祝福，祝福你，乐处安家，苦处逢源。

如果某一日，你收到了这样一朵贴着纸条的云，那么，请你亲吻它，它是我的爱情童话。我一定会知道的，我也一定会恬然微笑。

因为自此，那个身披云霞的男子注定了要和我有关。而我的云也会在你的肩上发芽开花，渐渐生长成我的模样。那样，在你一回头，或者一侧目的瞬间，我们就相遇了。

10. 渐行渐远的耐心——蔓生的爱恋

他想，她其实也是一株蔓生的植物，她的爱，是藤藤蔓蔓，细细碎碎的，要用时间和耐心去猜、去懂得、去维护，可他没有。

热的午后，喧嚣的街头，她和他在一栋办公楼前分手，走出好远后，又走回来。

他站在那里，若有所思。该，或者不该。他们，刚刚从身后的这栋办公楼里，办了两张自此各不相干的分手凭证。

她看他的眼神，再没了此前的埋怨，纯净得像大海蓝天。然后支吾半天，才开口说："其实，二十一岁那年，没去赴你的约，是因为，我的那条白裙子划破了一条口子。"

她冷不丁的话语，让他一时绕不过弯。"嗯"了一下，便没了下文。

她又等了等，然后转身离开。燥热的风拂过去，泪水很快干了，留下的只有痕迹。像他们的开始和经历都悄然隐去，留下的，只有结局。

他一直站在那里，看她拐过街角，再也看不见了，才仿佛明白了些什么。急急赶回家，从衣柜里翻了好久，才翻到她的那条白裙子。叠得很平整，只是年代久了，有些失色，但划破的裂口被缝过的印记还在，白裙子上浅豆绿色的藤蔓也依稀可见。

他对着那条裙子，抽了一下午的烟。她不会再回来了，他突然有些失落。

二十一岁的他们，一样穷，一样小。她最好的衣服便是这条附有蔓生植物的白裙子了，她想穿着它去见最爱的人，却不想裙子被划了口，她不想让他看到，她的，或者它的瑕疵。

那么，还有没有比这更细碎的爱了？他摇了摇头。

那只是个小插曲，好在后来终于也修得正果，可她却隐瞒了这个细节。这一日，说出来，意义所在，他都懂。

于是，他开始后悔起当初的不耐烦和坏脾气，总是觉得她啰唆，总是让她眼里蒙上埋怨的颜色。他眼睛湿了，裙子上的水草却似乎鲜活起来，后来幻化成她的影子。

他想，她其实也是一株蔓生的植物，她的爱，是藤藤蔓蔓，细细碎碎的，要用时间和耐心去猜、去懂得、去呵护，可他没有。

最后一支烟抽完的时候，他冲出屋子，他要去找她，找遍每一个她可能会去的地方。然后，像她当初去修补裙子上的裂口一样，去修补些什么。

11. 渐行渐远的烟火——养一个童话

我们是凡人，不具备这种仅凭一个眼神或者一个手势就能穿肠破肚直抵心脏的能力，那么，就请容许这个童话有一些些破绽吧。

很深的夜里，看好友的网络博客，她在博客里说：女人总喜欢耗尽一切，把爱情当童话去养活，而男人却往往扮不了那个童话里叫王子的角色，不是前功尽弃就是半途而废。

那段时间，那个她一直挚爱也一直挚爱她的男人和她分手了。痛苦有时候来得太突然，会堵住泪腺，她找我陪过她好多天，虽然从来没有哭过，但我知道，她常常会一个人坐在那么黑的夜里，束手无策。

不知幸与不幸，他们的爱情曾被我见证。

她一直认为，风平浪静后他将是她最终的童话，她和他就是童话里的公主和王子，当然，剧情是她一手设计的，那些情侣间所有美好的一切，她都设计在内。

有许多事物，开始的时候，总是貌似美好的。他们的开始也是如此。他似乎能了悟她的心声，总是如她所设计的那样演绎他在童话里的角色。而她却总是有顾虑，她担心他不是她最想要的王子。于是，那个关于公主和王子的童话剧情又被她加入许多内容，许多繁复的，令他无可招架的考验。她希望他的举动是她想要的，他的言语是她想要的，他的一切决定都是她想要的。她想要知道他是特别特别爱她的，可是她却不明着说出来，她要他猜。

他力尽所能地猜，可他不是万能的。偶尔的疏忽或者偏离会让她痛苦不堪，她的不堪是一条虫子，咬食着她的温柔和好脾气，也吞噬着他的耐心和勇气。最终，他选择落荒而逃。她终于一个人了，可这不是她想要的结局。

也是在他提出分手的那一刻，她才记得，他也是有许多好的，并非全是过错。这是好友后来告诉我的，我和她同样无可奈何。

其实，童话里的公主和王子早已被作家的笔赋予了了悟彼此心声的特异功能，她需要什么，他会默无声息地给予，而他想要的，她也总是能不动声色地知道。我们是凡人，不具备这种仅凭一个眼神或者一个手势就能穿肠破肚直抵心腑的能力，那么，就请容许这个童话有一些些破绽吧。

12. 渐行渐远的宽容——记恨也是记得

爱是记得，记恨也是记得，或许爱的反义词真的不叫恨，叫遗忘吧。像林美女说的那样，让往事蒙上厚厚的尘土，你便再没有了丝毫感伤。

小姨大我十几岁，人长得美，又有才华，我实在是太崇拜她了，便总是张口闭口地叫她林美女。

我谈第一场恋爱的时候，林美女已经嫁给了她喜欢的人，过得很幸福。那会儿，她总跟我说："米立，你还小，等你真正懂得什么是爱情的时候再谈恋爱吧，否则你定要遍体鳞伤。"我说："林美女，你怎么只许州官放火，不许百姓点灯呀。再说了，我不实践，哪能总结得来经验呢？"林美女笑笑，无奈摇头。

我喜欢的男人虽然没有林美女的男人有才有财，但他说这些东西是慢慢积累来的，我们还年轻，会有一切的。于是我天天做着梦，梦到我们终于功德圆满。可是，当誓言像风一样刮过以后，我们显得那样势单力薄。他最终穿过我的爱恋和埋怨，携起了另一个女子的手，把她牵进了我很想去的礼堂。

那种痛苦，不是一时半会儿便能消解得了的，我总是找林美女哭鼻子，埋怨甚至咒骂他的种种不是。其实，那会儿林美女也不比我幸福，她跟心爱的人离婚了，但她对这件事很少言语，我以为她比我坚强一些。某一天问起，她却说："都是女人，谁会比谁坚强更多呢？我不过是比你多了些理智罢了。"

那会儿，我每次跟林美女骂起那个曾经喜欢过我的负心男人，林美女总是很平静地给我下这样一个定论——我还在爱着他。我说没有，我恨他还来不及呢。林美女依旧平静地说我在撒谎。我说我恨他恨得牙痒痒呢，哪来的爱呢？林美女笑了笑，不再做声。

我说："难道你就不恨吗？"我知道林美女也是因为爱人做了出格的事才离的婚。

林美女说不，她不恨，记恨也是记得，已经不爱了，再记着有什么意义呢？倒不如忘了的好，虽然暂时可能忘不了，但是，不去提及他，像一样物品，放得久了，自然会蒙上厚厚的尘土，让你渐渐遗忘。

那天，我一个人在林美女的客厅里发了很长时间的呆，我觉得林美女说得没错，记恨也是记得，而事已至此，记恨的唯一意义便是一次次揭开快要愈合的伤疤，只能于己不利。爱是记得，记恨也是记得，或许爱的反义词真的不叫恨，叫遗忘吧。像林美女说的那样，让往事蒙上厚厚的尘土，你便再没有了丝毫感伤。

我想，我终究是要穿越红尘，拥有与林美女相当的理智，而以此来爱惜自己。

13．渐行渐远的平和——宛若红颜

他想，她呀，总是让他欲走还留，起初是欢喜，如今是不忍。因为他在看她着装的时候，突然便觉得，他们的爱情宛若红颜，抵不过岁月的，像她不再青春的脸没了往昔的光鲜，而她，一直在为他打理着所剩不多的青春。

他本来是要离开她的，进门来，却开不了口。她笑笑，泡杯茶给他，水不够热，她倒掉，重来。

他接过茶杯，放下，欲开口。她说："你等我一下。"然后去了卫生间。她非常明白，他此番回来，想要做什么，她已经劝好自己，随遇而安。

卫生间有面太尽职的镜子，她俯在面盆上，很细心地洗脸，然后抬头看镜子里的自己，那些岁月的痕迹尽映眼前。她笑笑，用湿的手擦镜子里自己的脸，擦过，镜子便哭了。她却微笑着。

片刻，她擦去脸上的水珠，打开台子上的那些霜呀乳呀地，开始往脸上涂抹，她的动作很轻，很细微。她看着镜子中的自己，然后和记忆里的自己对比。老了，她又笑。当初遇到他时，可不是这样，那时候的自己，根本用不着这些护肤品的，那时候的自己那样年轻，年轻到可以在他面前为所欲为。而如今，他却成了第一个欲要转身的人。

整个过程，她一直在轻轻微笑，她想，有漂亮的最初，亦要有漂亮的最后。

无意回头，却不知他何时竟已倚在门框上，看她，眼里有万千意义。他想，她呀，总是让他欲走还留，起初是欢喜，如今是不忍。因为他在看她着装的时候，突然便觉得，他们的爱情宛若红颜，抵不过岁月的，像她不再青春的脸没了往昔的光鲜，而她，一直在为他打理着所剩不多的青春。那么，无论他换了谁做女友，也会经历这样一个过程的。他开始觉得心有些许的疼。临了，他握起梳子说："来吧，我替你梳梳头发。"

他就那样站在她身后，一下，一下地，认真至极。他想，有些东西会过去，但不影响你尽心打理它，这样，它会过去得慢些，宛若红颜，宛若爱情。

她坐在他面前，低头，泪流满面，她想，这是最后一次了吧。

那时候，她不知道要发生什么，他后来什么也没做，只是牵着她在园子里散了一会儿步。见到有花开，他欣喜地拉着她的手说："你看，花都开了，岁月多好。"

14. 渐行渐远的真相——繁华的假象

后来，他无意中在一本书上看到这样一句话：蝴蝶的世界只有黑白两色！那么，他看到的蝴蝶的繁华，莫非，只是假象而已。再后来，他常常想，他也许应该收容那只蝴蝶的，在还来得及的时候。

他不喜欢漂亮的女人，但他不排斥女人漂亮一点，再漂亮一点。可是，如果这个女人漂亮得超乎他的想象，他就会莫名地恐慌。他一直固执地认为，太过漂亮的女人是自己不敢招惹的，她们像蛇，或者毒虫，她们可能会取悦于你，但也可能会给你致命的一击。

他爱过漂亮女人，他怕了。

而她正是让他惧怕的那一类，却阴差阳错地走进了他的生活，让他欲罢不能。

他给她奢华的一切，却不给她她想要的爱情，其实心底里是有爱的，只是以前的伤害让他胆战心惊。

每一次，当她向他索要结果的时候，他都会疑惑地看着她，问她："你认为我们真的就能一生从容？我有可能会破产，有可能会变成一个连几斤盐几斤米都会算计的穷光蛋，而你也有可能会爱上别人，或者被别人爱上，因为，你那么美。"

他这样说的时候，她会微微地笑，这个男人的爱情，她懂，她在等他亲自开口。

他也不是没有想过破釜沉舟，可是他没有足够多的勇气，她美得像一只蝴蝶，她会让他们的生活发生无限多的可能。于是，他一直选择沉默。蝴蝶的世界应该是五彩斑斓的，他觉得自己只能是她的世界里某一处不起眼的风景。

他就这样等着，无疾而终。

她就这样等着，等一种可能。

可是，命运的多变并没有给他们更多等待的时间，一场意外让她从他的生命里淡淡消散，像一缕云烟。他常常会在很深的夜里怀念她，想起他推她进手术室时的情景，她气若游丝，却挣扎着留了最后一句话给他："我能想到的最大的可能，就是当一切可能都发生以后，我还能和你一起，笑看繁花落尽，坐观云淡风清……"

后来，他无意中在一本书上看到这样一句话：蝴蝶的世界只有黑白两色！那么，他看到的蝴蝶的繁华，莫非，只是假象而已？再后来，他常常想，他也许应该收容那只蝴蝶的，在还来得及的时候。

15. 渐行渐远的博大——藤编的宽容

时间是一只藤编的竹篮，无论所有的从前怎么样不堪入目，但被岁月滤掉的永远都是愤懑和怨恨，而留下的只能是牵挂和想念。

他用十年的时间在考虑一件事情，第十一年的时候，他终于又回了那个小城。

小城依旧，只是多了一些现代化的建筑，而那种温婉潮湿的感觉还在。

十年前，他在这里丢了她。那是一个只有小城才有的雨天，他来看她，并答应娶她回家，可是在他们缠绵过后的第二天清晨，她还在熟睡的时候，他却离开了那个旧旧的旅馆，了结了那段情缘。因为他发现，他没有娶她的能力和决心，不是没有，是还不够充足。

离开后他就后悔了，他一直想着是不是该回去，请她原谅，然后，他们继续，相亲相爱。可是他依然发现，他没有足够多的勇气。他想，她肯定是恨他的，不会原谅他的。整整十年，他一直都在考虑该不该去找她。十年间，他想娶她为妻的能力和决心都在翻倍地增长，而他却一直没有回去找她的勇气，他怕冰冷冷的现实。

当十一年的岁月把他心头的芥蒂漏至清澈，他终于又站回了小城街头。一间以他的名字命名的酒吧赫然拦住去路，他悄悄走进去，却意外地看到了那个熟悉的背影。他要了许多酒，大口地喝着，他想用酒精把心底的那丝胆怯浇灭，却没想那惧怕竟越来越强烈。

终于，他还是晃晃悠悠地准备离开酒吧，回去，就当从来就不曾来过。

背后，一双如玉的手臂慢慢缠绕上来，作为店主，每一个进来的顾客她都会注意到，视而不见，只是心底的一个伎俩。无须多言，他转过身拥抱她，十一年后的一瞬间，他们冰释前嫌。

他因她的宽容而心生疑惑，而她却告诉他：时间是一只藤编的竹篮，无论所有的从前怎么样不堪入目，但被岁月滤掉的永远都是愤懑和怨恨，而留下的只能是牵挂和想念。那一刻，他也终于明白，所谓的不敢和惧怕只是命运开出的罚单，而在错误的彼端，命运也已给了他博大的宽容。只是，这样的道理，他在十一年后，才懂。否则，他会多出来十一年的快乐，真的。

16. 渐行渐远的柔韧——请给爱情多一点时间

请你一定要记住，无论以后会发生什么事情，都请你给爱情多一分钟等待的时间。也许它就在你一侧身的地方，在下一分钟出现。

薄荷又生木子的气了，因为木子说他这周会来看薄荷，薄荷从周一等到了周日的凌晨，却依然没有木子的消息。这一刻我非常清楚薄荷内心的真实想法，因为我就是薄荷手腕上的那只会洞悉一切的玛瑙手镯。

薄荷现在在想："我一直很认真地对待木子和我们的感情，虽然我知道木子是一个调皮的永远也长不大的孩子，他总是会和我开一些不大不小的玩笑，我很喜欢他的玩笑给我带来的那些惊喜，可是有时候他的玩笑也会让我不开心，我甚至会偷偷地掉眼泪。我是那么想念他，我把木子的每一句话都当做承诺去对待，而他却总会在我不经意的时候，把谎言当做诺言去说给我听。我知道他这样的做法是无意的，也许只是为了好玩。但我是认真的，我不喜欢被骗的感觉。我已经原谅他很多回了。如果在这个周日他还没有出现的话，我想，我应该放弃这段感情了，尽管我很爱他。"

我说过，我是一只会洞悉一切的手镯，那么，我现在肯定也知道木子的情况了。

现在，木子正坐在来看薄荷的列车上，他睡着了，正在做梦，他梦见他和薄荷在一片开着细碎花朵的草地上奔跑，他看着薄荷的样子，觉得自己很幸福，因为他是那么爱她。

醒来的木子轻轻地笑了一下，他想到现在的薄荷一定在生他的气，想到她生气的样子，他更觉得她可爱至极；他也想到当他出现在薄荷面前时，她会是怎样惊喜。

其实木子这周真的有很重要的事，险些来不了，但自从那次他和薄荷开玩笑惹哭了她，他就再也不想开那些会伤害到她的玩笑了，于是，当他忙完手上的工作后，便登上了去看薄荷的列车。

现在已经是周日的二十三点四十六分了，薄荷拎着手上的箱子准备锁门。她要去一个木子找不到她的地方。她没有再多的耐心了。

而此刻木子就在离薄荷不足五十米的出租车上。

我想，我是该帮帮他们了。我从薄荷的手腕上跃下来，跌到地上，那一刻，一只淡紫色的玛瑙手镯香消玉殒。一场美丽的爱情刚刚演到恰到好处：木子将委屈的薄荷拥进怀中，他说他再也不会骗她了，再也不会伤害她了。

我摔成了满地碎屑，却为他们的爱情挽回了一分钟的时间。我用很微弱的声音告诉薄荷："请你一定要记住，无论以后会发生什么事情，都请你给爱情多一分钟等待的时间。也许它就在你一侧身的地方，在下一分钟出现。"

17. 渐行渐远的绚烂——那江烟花

我不知道你当初为什么要离开，但我一直没有放弃寻找。

烟花在彼岸升起，灿烂至极。

双鱼座的阿若在江这边，想起一张熟悉的脸，想起那年。

那年的夜凉凉的。那年的江水里倒映出一朵一朵绽放的烟花，此起彼伏。那年的郭宇晨拥着阿若，说："阿若呀，你看那些烟花多么美呀，你知道烟花在说什么吗?”

阿若说：“烟花在说我想你了。”

这个叫郭宇晨的天蝎座男子怔怔地看着阿若，阿若灿然一笑。阿若知道，郭宇晨也知道。

他们十指紧扣，沉默不语，却在心里告诉对方：“流年似水，我会永远陪在你身旁。”

阿若在这桩爱情里美得像一株水草，珠圆玉润。她常常会在很深的夜里想起他们很远的未来，未来会多么美呀？双鱼座浪漫的本性在阿若身上表现得淋漓尽致，这个可以把爱情当饭去吃的女子告诉自己，除了郭宇晨，她什么都可以不要。

而郭宇晨却似乎并不明白阿若的心事，他给阿若许多爱，却并不曾给她承诺。阿若不是个会主动出击的女子，她只会静静地等待结局。结局在等待里渐渐模糊成了影子，阿若越来越没有把握。

那是一个四月的雨天，阿若约郭宇晨去咖啡厅，她想和他好好聊聊。樱草在窗台上开出紫色细碎的花朵，桌上的蓝山渐渐凉了下去，而郭宇晨迟迟不来。阿若拨他的电话，那端只道一声忙，便匆匆挂了电话。阿若握着手机怔在那里。

阿若知道郭宇晨忙，知道他每天都有大堆大堆的工作要做，阿若可以许多次地原谅他的失约，可原谅并不代表不会伤心，那些伤心堆起来，阿若有些不堪其重。

走出咖啡厅，阿若一个人在街上漫无目的地走着，和郭宇晨的过往都在她的脑海里上演，她开始怀疑这一份感情，郭宇晨给她的也许并不一定是爱情，而是他性格里的控制欲在作祟。思维纷乱的间隙，手机突然响起，那端，郭宇晨茫然地说：“我到咖啡厅了，你怎么不在呀？快过来吧。”阿若握着手机沉默良久，然后轻轻地摁下了关机键。那是四月的雨天，阿若一直记得，从那天起，阿若再没有见过郭宇晨。

阿若开始流浪，一个城市接着一个城市，漫无目的，却又似乎在找寻着什么。常常会想起那个叫郭宇晨的男子，过去，他常霸道地告诉她，什么时间应该干什么，他会强权地替她作好一切她需要作的计划。而现在，他不在身边。这样想的时候阿若便有些后悔，如果自己再隐忍一些，再宽容一些，她就不会丢了她的爱人。阿若最终还是回到了原来的城市，正如一本书上所说的，爱一所城市是因为爱上了那个城里的人，是的，经年以后，阿若还爱郭宇晨。

又一束烟花腾空而起，烟花的哨声把阿若从记忆里拉回到现实，阿若沿着江边一步一步地走，将过往的回忆一点一点地拾捡。

“你看那些烟花多么美呀，你知道烟花在说些什么吗？”有人问。

“烟花在说我想你了。”阿若不由自主地接上。

多么熟悉的对白呀，阿若一时有些恍惚。沿着声音回头望去，是郭宇晨苍健的脸。隔了那么多的时光，他又站在她面前。从她离开郭宇晨后，第一次，泪如泉涌。他说：“我不知道你当初为什么要离开，但我一直没有放弃寻找。”

“你又为什么不放弃呢？你有那么忙的工作，那么重要的家人，我只是在你的缝隙里，你从不曾给我承诺，又有什么放不下的呢？”阿若呜咽着说，委屈得似个孩子。

“傻子，我那么忙，还不是想给你一个安适的家吗？”

阿若扑到郭宇晨怀里说：“我想你。”

郭宇晨揽着阿若近乎呢喃地说：“我也想你。”

是的，爱情的极致就是，当你不小心与你的爱人分离之后你会非常想念他，而且，很想，很想。还好，他们在隔了经年后，再次遇上。

18. 渐行渐远的奉献——用许多花开的时间爱你

我得到了，因为我知道爱一个人就是给她所需要的一切，而无论我在哪里，无论我用什么样的方式。

“我喜欢上了一个精致得像雨花石一样的女孩。可是，她没有记忆，没有微笑，我要怎么办?”他虔诚地向一个巫师寻求帮助。巫师递给他一粒种子，说：“去吧，孩子，种下它，当它每开出一朵花的时候，你都可以向花朵许一个愿，它会开很多花，你也可以实现很多愿望。你会满意的。”

他告别巫师，找到一只漂亮的花盆将那粒种子种下。

许多天后，那粒种子发了芽，而且生长得很茁壮。不久后，它便长出了许多细小的花蕾。那些日子，他天天趴在花盆边，他担心他的疏忽会让他错过了花开的时间。

某一个清晨的某一个瞬间，第一朵花开了。男孩虔诚地闭上眼说：“求求你，请让我喜欢的女子寻回记忆吧。”说完睁开眼睛的时候，他看到花朵似乎点了一下头，随即，他便去看望了他喜欢的女孩，女孩果然找到了失去的那段记忆。

男孩很欣慰，他开始等待第二朵花盛开，他已经想好了，第二朵花开的时候，他就乞求花朵，给他们爱情。可是，第二朵花开的时候男孩却许了这样一个愿望：“请帮我心爱的女孩找回她错过的爱情吧。”原来，女孩在恢复记忆以后，想起了曾经喜欢过的另一个男孩，她不但不再有欢笑，而且变得越发痛苦。男孩子想，爱一个人就要力争让她更快乐一些，于是，他成全了女孩，却伤了自己。

伤心的男孩等到第三朵花开的时候，他很想对花朵许愿说："请让我心爱的女孩爱上我吧。"可是，他试了几次，都没有说得出口。他知道，不是不敢，是不忍。

此后，那盆花开出了许多美丽的花朵，每一朵花开的时候，男孩都会为他心爱的女孩乞求一些什么。直到他觉得那个女孩已经美满得不再需要他的祝福时，他将那盆花还给了巫师。

巫师说："亲爱的孩子，你还满意吗?"

男孩很幸福地笑着说："谢谢你，我很满意。"

巫师说："你并没有得到你想要的爱情呀?"

男孩说："我得到了，因为我知道爱一个人就是给她所需要的一切，而无论我在哪里，无论我用什么样的方式。"

19. 渐行渐远的纯真——隔年的金香玉

是的，多年的这些岁月，教会了她珍惜。而多年的这些岁月也告诉她，有些遗憾是弥补不了的，那么，请你把遗憾在当年丢掉，也请你记得，一定要幸福。

彼时，他还是很青涩的少年，喜欢上她。

她生日来到时，他把父亲留给他的一块金香玉送她，这是他能想到最珍贵的礼物了。

可是，她在看到那块不起眼的石头时断了想去爱他的决心。是的，她的心事是一只复古的盒子，而他一直就住在那只盒子里面。可是，今天，她把他从盒子里赶了出来，而且决定，再也不会想念。

其实，她并非是那种很物质的女孩，她也知道他的贫穷。但是，她想要一件在他能力范围内的生日礼物，甚至是劣质的耳环或者项链都可以，她不想让他花太多钱，只是想看到他力尽所能地努力。可是他却送了她这样一块不起眼的石头。

生日过后，她和他形同陌路。而那块石头，她一直没舍得丢。

而后，毕业。

再后来的日子，许多人送她不同的首饰，都被她同那块石头一起放在了首饰盒里，这些真材实料的首饰让她很难心生爱慕。她反倒常常会拈起那块石头端详良久，有时候，她也会把石头放在唇边，轻轻地吻它，很奇怪，每次拈起石头的时候，她都会闻到一股很清凉的香味。

某一日，一位女友去看她，恰逢她正拈着那块石头发呆，女友接过她手里的石头，端详了半天，突然惊讶地说："这是一块稀缺的金香玉，你哪儿来的这么贵重的东西？"

金香玉？这块破烂不堪的石头怎么可以有这么美好的名字？她一时呆在了那里。

后来，从女友的解说中她明白了，这不是一块普通的石头，而是一块很稀有的金香玉，这种石头需要长年在地下深埋，努力吸收植物根茎的香料，尔后会长期地散发一种天然的香气。就这样，她怔在了那个五月微凉的清晨。如果，当初，她知道这一切的话，她是否还会把他从内心里那个叫心事的盒子里赶出去？还是否会和他形同陌路？而今也定然不会有遗憾。

片刻的惊讶过后，她接过女友手里的金香玉，把它轻轻地放回了首饰盒里，而将盒子里的其他首饰全送给了女友。女友不解的目光迎上来时，她只淡淡地说了一句："如果还能回到从前，即使他送我的不是一块金香玉，我想，我也是会义无反顾地爱上他的。"

是的，多年的这些岁月，教会了她珍惜。而多年的这些岁月也告诉她，有些遗憾是弥补不了的，那么，请你把遗憾在当年丢掉，也请你记得，一定要幸福。

20. 渐行渐远的敏感——水·杯

那一刻什么都明白了，女人真的一直是水，男人也真的一直是杯，水一直在杯里面，而杯一直在水外面，纵然杯里的水结成了冰，杯也会包容着。然而总有一些毁灭让人无法抵御。譬如碎裂，也是男人先开始。

女人爱喝白开水，男人便总是适时地递上一杯。从恋爱到结婚，年复一年。

一杯在手，女人盈盈地笑，女人说女人就是水，清澈，通透。男人从后面揽了女人，男人说男人就是盛水的杯，盛一生，盛一世。

女人是个小女人，爱撒娇爱胡闹。男人是个大男人，总是统统包容。

然而日子就像树上的叶子一般不容分说地跌落，女人无法接受现实的日渐突兀，女人发现了男人的穷，发现了男人的平庸，女人唯独没有注意的是那杯伸手可及的白开水。女人开始和男人争吵，开始无端地发生口角。大多的时候男人总是沉默。幸好是有爱的，于是女人也总是愧疚。便嘟了嘴坏坏地笑着蹭进男人的怀里。所有的不快乐就都没有了。

如此这般，反反复复。

在熟识的人眼里，女人是幸福的，女人自己也认为是能抓得住这份幸福的。

可是，最后一次争吵后男人离开了，再也没有回来。男人托朋友捎话回来说，离开只是因为太累了。女人怎么也想不通，男人说过一世的承诺的，怎么就走了呢？

女人一个人，很多的时候总是在空荡荡的屋子里来回地走，来回地走，总以为在屋子的哪个角落会看到默默无语的男人，但总归是找不到的。女人很少再喝白开水了，女人喝酒，因为醉了的时候仿佛男人就回到了身旁，仿佛男人就递了一杯白开水过来。

一个冬夜，女人病了，发高烧。她躺在床上火烧火燎地翻来覆去，挣扎着起来终于在阳台上找到了那只盛水的杯子，可是杯里盛着的一些水却结成了冰块。女人拿杯子在水盆的边缘上磕，企图磕碰出杯里的冰块，却突然“哐啷”一声，杯子碎了，而冰块却完整地掉进空旷的水盆里跌跌撞撞。

那一刻什么都明白了，女人真的一直是水，男人也真的一直是杯，水一直在杯里面，而杯一直在水外面，纵然杯里的水结成了冰，杯也会包容着。

然而总有一些毁灭让人无法抵御。譬如碎裂，也是男人先开始。

21．渐行渐远的沉淀——幸福不在千里外

其实命运就是这样，我们往往只能通过青春时错答的试卷才知道幸福的真谛所在：它从来都不远，不在千里之外。它是枕头那端熟睡的脸，它是餐桌那边共进的晚餐。

出差的夜里失眠，打开电视，原本只是想消磨时间，却不想画

面里愣生生出现一张女孩泪流满面的脸。

那是一个卫视台倾诉类节目的回放，故事大概是这样：多年前，年轻的女孩离开爱她的男孩，满世界地闯荡，那时候她年轻，勇敢，不怕受伤，她总以为命运里最不缺的是下一处风景，她想活得绚丽，而且丰富，所以，从不为任何人作或短或长的停留。

可是，当她绕了很大的一个圈子，当她受了很多伤以后才发现，她错过了当初就应该停靠的站台，用了所有勇气再找回去，好在男孩还在等她，但命运却不肯给她任何宽恕——不久后，男孩因为意外，离开了这个世界。

女孩说，她会像当初他等她那样，去等男孩的，男孩等的人回来了，女孩要等的人却永远没有了归期。他把她留在了午夜的屏幕上，一个人哭泣。

画外音里，周杰伦在浅浅地唱："我送你离开，千里之外，你无声黑白……"

年轻时，我和女孩一样，但当青春像鱼一样游过生命才发现，充斥内心的，无非是鼓鼓囊囊的忧郁和伤口。

好在回头的间隙，他还等在十年前的那个路口，一如既往地爱我，我不得不投降。

那时候，才知道世界很小，没有他，我哪里都不去，他成了我唯一的依靠。

其实命运就是这样，我们往往只能通过青春时错答的试卷才知道幸福的真谛所在，它从来都不远，不在千里之外。它是枕头那端熟睡的脸，它是餐桌那边共进的晚餐，它是脆弱时揽我入怀的臂弯。只是年轻时，我没有想到幸福离我如此之近罢了。

22. 渐行渐远的执著——爱情没有毒

王子说：“是的，一直爱。不管她是什么模样，什么形状，我只取她善意的部分，而还其真诚和执著，可是你呢？”

年迈的巫师看着她淡蓝色的瞳孔，说：“孩子，你的美丽足以打动我，可是它无法帮助你摆脱被诅咒的困境。”她问为什么。巫师背过身去，他的声调有些悲凉，他说：“孩子你没有错，但你不该被王子爱上，这是漂亮的公主所不允许的，所以，我受命必须将你变成一堆黑漆漆的种子，必须。”

她轻轻合上双目，睫毛很长，容颜美丽。

巫师走过来，亲吻了她的额头，然后开始念咒语。瞬间的痛楚让她眩晕，而也只是瞬间，她变成了一个丑丑的黑壳，她的泪水却缩在那黑壳里，成了无数细小的种子。

娇宠的公主将那黑壳捧到王子面前，她说：“你看吧，这就是你喜欢的女子，奇毒无比。”

王子说：“毒在哪里？你要证明给我看。”

于是，公主和王子分别种下了那些种子。第二年，春暖花开过，公主将果壳割开，收下一些乳白的汁液，又用它们喂食一些虫子和飞蛾，那些虫子和飞蛾瞬间窒息。公主说：“你看到了吧？”

王子笑笑，它小心翼翼地将果壳摘下，放进漂亮的盒子。他说：“你看，我没有以伤害她的方式取其汁液，所以，她在我这里，没有毒。明年我再将它们种下去，还会有美丽的花，奇香四溢。”

公主顿时无语，沉默良久后她说：“你还爱她？”

王子说："是的，一直爱。不管她是什么模样，什么形状，我只取她善意的部分，而还其真诚和执著，可是你呢？"

公主开始从大殿里往后退，一步一步。她以为她会成功，可是她输了。

而也是在这个时候，盒子里的罂粟果实开心得炸裂开来，散出无数细小的种子，顿时淡蓝色瞳孔的女孩喜极而泣。她想，明年，她还会再开许多花的，因为她爱的那个人，一直守在旁边，等她开花结果，却并不曾将尖刀刺向她的果壳。她想，这样的人，她是应该奉之以美丽的，没有毒。

23. 渐行渐远的慈悲——谁是谁的车，谁是谁的站

因为慈悲，所以懂得。

许多年以前，他们恋爱，开满樱花的校园小径上，他们手牵着手，微笑着行走，说着一些话。

他说："这辈子我要做你的车，载着你去所有幸福的地方。"

她偎着他说："那我就做你的站，无论你走到哪里我都会停在原地等你，即便是你走丢了，即便是你再也不回来了，我都会一直等下去。"

后来，他们毕业，工作，天各一方。他们一直没有放弃努力，努力地寻找任何生活在一起的机会，然而他们却在现实的生活里越走越远，直至彼此不见。他们的爱情也如一壶散装的酒，在时间和空间的距离里渐淡，挥发，而后消失殆尽。

他有了适合他的事业和女友，在北方，平静安宁。

她有了适合她的工作和家庭，在南方，波澜不惊。

只是偶尔，他们会回想起那张彼此曾经熟悉的面孔，想起他和她曾经说过的那些誓言。想起来的时候就将目光投到很远的天空，然后微微地笑，再然后低下头，回到各自的生活里去。

许多年后，他们不期而遇，他出差，她也出差，住同一家宾馆。他微笑着伸出厚实的手，她也递过去，两只分开许多年的手又一次握在一起，却只是相敬如宾。他们在宾馆的茶吧里坐至深夜，然后在宾馆的客房门口互道晚安。他知道她一直想着他，她也知道他一直在爱着她，只是经过多年的窖藏，那些过往里的爱情已凝成了剔透的水晶存留在彼此心底。他们完全有机会重温旧情，但是，半个月的日子里他们一直隔墙而居。再后来，他们回到了各自的城市。

其实，那些过往日子里的誓言只不过是彼时的昙花一现，短暂的生命里谁都不是谁的车，谁也不是谁的站，重要的是彼此曾经遇见过。突然想起了一个网友的签名档里的一句话：因为慈悲，所以懂得。

第二章 枝节

枝节：我系过的围巾，写过的小纸条，在天桥上偶遇的男人温暖灿烂的微笑，墙角的小花，叫不上名字的草，捧了奶茶给我的，而记不清她容颜的老阿妈，我爱过的你们。某个手臂上，那块银白色的腕表，那些没等到答案的问题，还有那些没有发出去的短信息，你们好吗？想我了吗？你们是我断了线的珍珠链子，不小心就被谁扬了出去，扬成参差星斗，我抬头看得见，生里，死里，俯里，仰里……

24. 渐行渐远的体谅——如果·爱

我从他们身侧背转身走开，眼中有泪，没人看见。

我开始承认，许多年前我不够聪明。

去公园拍宣传片的时候，遇到一对正在僵持的男女，在走廊边。女孩想坐下来休息一下，男孩却执意要继续往前走。我从他们身边经过的时候，他们正在僵持着，谁都不愿妥协的样子。

后来，女孩生气地坐在了木椅上，男孩却仰着头朝前走去，没一点儿会回来的意思。心突然有些疼，像有人硬生生给肉里塞进去块石头。

我跟那个男孩说，回来吧，回来吧。我无声，那男孩自是听不到。女孩坐在木椅上，眼圈有些红。我用同样的方式跟她说，去追他吧，去追他吧。而她根本就没有注意到我的存在。

很多年前，我和我爱的那个人，也是因这样一次小小的争执而走散的，我没有追，他也没有回来。许多年后，往事重视，我不知道在他们身上，会有什么样的结果，于是一直呆在旁边。

男孩已经走出去很远了，女孩还在掉眼泪。我想，许是所有的境况，都是相同的吧。却意外发现，女孩起身追了上去，突然便觉得有些坦然。正欲走开，却见女孩费力地拖着男孩又回到了木椅边，坐下来，嘟着嘴，男孩一脸坏笑，他们很幸福的模样。

我从他们身侧背转身走开，眼中有泪，没人看见。

我开始承认，许多年前我不够聪明。

但如今，很多年过去以后，我已经追不上原来的那个人了，也无法把他拖进我的生命中。我想，我终将会在这种愧疚里渐渐老去。没人会知道我的故事，情节很少。

如果……

25. 渐行渐远的坦然——想念猫

只要这个城市的人比猫多，我想，我会像我曾经喜欢而后抛弃的那只猫一样，接受每个人的宠溺和恩惠，而后坦然地被抛弃。

一个微雨的黄昏，我坐在一栋旧楼五楼的窗口前，突然想起一只猫。

它的毛很光滑，眼睛在夜间会睁得很大。

那时候，我刚刚懂得爱情，我爱的那个男孩子别人都说他很普通，根本配不上我，可是，我很喜欢他，而他并不喜欢我。

为此，我常常和那只猫在夜间交谈。我以为它能听懂我在和它说些什么。因为它的眼睛一直都睁得大大的。仿佛从来不曾厌倦。我跟猫说，你知道吗？我非常非常想念他。猫就回头用嘴触一下尾巴。仿佛我说的只是一件极其细微的事情，我为此不满过，猫一定不知道，这件心事，于我，有多重。

晚上陪我说话的猫，用白天睡觉。它蹲在很暖和的窗台上就能睡着，这让我很是羡慕，因为我总是失眠，为一个不爱我的男孩。

那段时间，我一直觉得是到了世界末日，是猫搭救了我。于是我对猫好，给它买它喜欢的香肠和袋装的奶。猫受了我的恩惠便会适时地找我，用它漂亮的毛蹭我冰凉的手臂。往往那个时候，我会把它揽过来，放在怀里。然后就和它讲我一天的心情。

我和猫和睦共处了多少时日？已经记不清了。仿佛是第二场恋情开始的时候吧，我亦开始冷落它。

现在想起来，被我冷落的猫在那一段时间一定极其困惑，因为我的宠溺，它已经忘记了捕鼠的本领，为此，它被年迈的奶奶踢过好几脚。然而，踢归踢，好心的奶奶还是会给它一些食物的。不比我，从此不闻不问。

后来，那只猫在一个起风的夜里和一只男猫跑了，这些事是后来从奶奶嘴里得知的，如果不是奶奶无意提起，我想，我一定会把它忘记了的，忘记到再都忆不起。

之后的许多年，我和许多男人相互遇见。无非都是欢喜或者悲伤地说分手，没有一个人可以长久。

我真的有些倦了，但依然相信会有爱情。

只要这个城市的人比猫多，我想，我会像我曾经喜欢而后抛弃的那只猫一样，接受每个人的宠溺和恩惠，而后坦然地被抛弃。当我连基本的生存都不能保障的时候，我想我可能会遇到一个年迈的好人，或者一只不计后果的男猫，和它，天涯，浪迹。

26. 渐行渐远的记忆——谁有灯，照亮来路

我看不到未来无关紧要，因为我终将要去经历，亦会揭开谜底，却不曾想有这样的瞬间，那么需要从前。

百无聊赖的下午，一个人躺在床上发呆，天花板是茶色的，上面什么都没有。

于是，开始有很奇怪的想法，想让记忆回到源头，然后一件事一件事地去回忆，我想知道，我到底能想起多少从前。

可是，想了很久，头脑里画面清晰的，依旧是那几个熟记于心的镜头，其实也并非全是大喜大悲的事情，但记住了，肯定有它应有的线索。至于其他，一塌糊涂。

二十八年，应该发生过多少事情，可我记忆清晰的也无非这几个画面，然后，便是一个不足百字便能表述得清的主线了，像一幅蜡染画。

而我需要的，是细节，所有细节，好和坏，我都需要。

然而，越是努力，便越是徒劳，甚至连那些自认为记忆清楚的画面都开始模糊起来。我突然有些怕，莫名其妙地。然后翻身起来，从书柜里，从壁橱里，从抽屉里，从小阁楼里，翻寻一切能提醒我记忆的东西，然而能记起的，也不过点滴。

于是整个人便硬生生阴郁下去。本来很清寂的下午，也蒙了烟色。我觉得孤独，前所未有地。

晚饭没有吃，在不开灯的房间里，跟着夜色，一起暗下去。眼角有些湿。

我甚至跟记忆做了让步，我只想想起我小学时关系很好的同桌的名字，还有爷爷的山羊胡子，他用小梳子梳它们时的举动，妈妈年轻的时候最喜欢穿的衣服的款式和发型，爸爸放钢笔的笔筒上有谁写的诗，还有那次弟弟干了什么事情弄得满脸都是墨汁。

还有，我第一次爱的人，他在写给我的第一封情书里，除了说爱我，还写了些什么呢？记得是密密麻麻的三张信纸，可我只记住了其中的一两句话而已。或者，我与别人，或者别人与我，有过什么约，后来忘记了。

我终究是什么都没有想起来，其实也明白，无关紧要的事情，可是在这个瞬间，我那么需要它们。

开始觉得生命像很长很黑的走廊，我往前行，只有我经过的地方有灯，在我离开后，它们会很快熄灭。我看不到未来无关紧要，因为我终将要去经历，亦会揭开谜底，却不曾想有这样的瞬间，那么需要从前。

不晓得谁有灯，帮我照亮来路，让过往细节显现清楚，我回不去，但至少在我回过头的时候，不孤独。

27. 渐行渐远的冲动——决定私奔

后来，黑子再没有找过我，黑子说我虚伪，十年后的今天，我依然不承认。

黑子说他老婆很苦恼，总是掉头发，一把一把地掉，我知道是夸张了些，但黑子说女人到了一定年纪都那样的。我也苦恼，因为我黑发浓密，蓬松着。我特羡慕街上披肩发女子稀稀疏疏的“清汤挂面”。我没有，所以我苦恼。那时候我很年轻，那时候我爱黑子。

黑子喜欢在烤肉摊上喝啤酒，把T恤卷到胸口的位置，黑子的举动让我想到三个字——没素养。但是黑子喜欢看我的字，有一次竟然看哭了。黑子说，和他的小时候很像。这也许就是当初我没有离开黑子的原因吧。黑子懂我的文字，黑子懂我，我想有个人懂我。

但后来我们还是分手了，不是因为黑子掉头发的妻子，而是因为黑子提到了私奔，黑子说咱俩私奔吧，走得远远的，死也不回来。我没说话，我一直在看着黑子，黑子的认真让我直想发笑，怎么可能？我说黑子“你有病”。黑子说他很健康，而且头脑清醒。

那一天，我一个人在街上走了好长好长的路，我一直在想我爱不爱黑子，后来我想明白了，爱！可是爱我也不能跟他私奔呀，我看到街边头发稀疏的女人和她的老伴过马路，他们手牵着手。女人老到了这个地步是很让人苦恼的，我想象不出黑子的老婆到了这个年龄会是什么样子。我沿着来时的路一直往回走，回到我一个人的日子里去，一直想着黑子的老婆年迈的时候会是什么样子。

后来，黑子再没有找过我，黑子说我虚伪。十年后的今天，我依然不承认。

我也开始掉头发，每次梳头都会胆战心惊，我把掉下的头发收在一只玉色的缎袋里，竟然有大大的一包。有时候我很想黑子，我一直一个人，所以，我不虚伪。

有一天大半夜从网吧出来，街上行人很少，月亮的光从桐树的枝叶间投下来，洒在路上，路像一块碎花的真丝，我踩着，突然觉得特别孤独。也是突然的，我决定私奔，如果现在有一个人跟我说，咱们私奔吧，我肯定会同意的，走得远远的，死也不回来。

28. 渐行渐远的珍惜——来不及了

开始觉得生命像一场赛跑，我们都在争先恐后，从起点跑到终点，一路上，来不及做的事情太多，太多。偶尔停下脚，望回去的路时，那些过去的片段早已经与我们一刀两断。

从我身边牵着手跑过的孩子，面容稚嫩，他们一个对另一个说，快些呀，来不及了。那时候是黄昏。我站在小区的院子里，影子被夕阳拉开来摔在草坪上，又瘦，又长。

高考时来不及看的书，已经不知道被扔到了哪里。那是十年前的事情，据说考卷上我没有做对的一道题就出现在那本书里。具体是否属实，我没有查阅。

公车上，来不及看完的杂志还给了别人，是什么杂志，哪一期的，记不清了。只记得一篇文章里，男主人公对女主人公说："如果我真的爱上你，我会离开你的。"我没有看到他们的结局，因为来不及了，车到站了，借人家的东西要还回去，虽然有些不舍。那天车很挤，人很多。在我前面下车的是个孩子，我只看到她的背，还想着，她懂得爱情会是多少岁？

酒吧里，没来得及抽完的半支烟，被对面的男子抢过去，摁灭在烟缸里，然后匆匆地牵着我的手落荒而逃。我们在替另一个女人躲开一场伤害，可惜那个女人永远不知道。我像是一个追着爱情奔跑的孩子，可我的爱情却在以更快的速度逃掉，而且不忘回过头来告诉我一声，来不及了，来不及了。只是常常会想起被他摁灭的半支烟的模样，却最终无迹可寻，留在数载的岁月里面，翻都翻不出来。

还有那座古城里，来不及看完的半张碟，不知道现在会在谁手边，是好着，还是坏了？是被放在抽屉里，还是碟盒里，或者，落满尘埃？

站台上，来不及挥起的手；告别时，来不及掉下的泪；饭桌上，来不及喝下的半杯酒，而另一个人要先一步离开……

开始觉得生命像一场赛跑，我们都在争先恐后，从起点跑到终点，一路上，来不及做的事情太多，太多。偶尔停下脚，望回去的路时，那些过去的片段早已经与我们一刀两断。留下的，唯有与岁月一起增长的遗憾和伤感。不过，我们有幸来得及做了另外一些事情，而我们所做的这另外一些事情，有些人许是没来得及做的。

29. 渐行渐远的童年
——其实，每次爬起来之后都会摔跤

后来我们像磕长头一样，一路跌着爬着，起来成了一种必需，我们忽略了沿途的风景，仿佛生命就是为了这一跌一爬而始而终似的。

那天出门，在楼道上摔了很没创意的一跤，想爬起来，但脚太痛，后来干脆坐在楼道里玩手机游戏，等脚不太痛了，才爬起来，该干嘛干嘛。

隐约记得小时候摔倒了，妈妈会心疼地抱我起来，一边帮我擦眼泪，一边帮我拍衣服上的土，她会很温和地告诉我走路要小心点，那时候，没有指责。

后来再大一点儿，偶尔摔跤，妈妈还是会心疼，但她不会再抱我起来。那时候，她再怎么心疼，也要忍着，即便是我摔得哇哇大哭，她也只是在一旁无动于衷地看着，并且告诉我，摔倒了，要自己爬起来。那时候，我知道了爬是一个动词，起是一种目的。那时候，爬起来对我来说，只是一个简单的体能过程。

后来上学，有一次发挥失常，考了很差的成绩，一个人躲在操场上哭，我最喜欢的老师找了来，轻轻拍着我的肩膀说没关系，要对自己有信心，从哪儿跌倒的就要从哪儿爬起来。后来，我拼了命地复习，我把课本上的习题都能倒背如流，我甚至能背得出某一个生字在书本的某一页里，当然，再考试，我取得了非常不错的成绩，我喜欢的老师笑得很得意，当然，我也很开心，老师只是知道我爬起来了，但只有我知道，我付出了多少努力。

走上社会，参加工作以后，领导们开会，还是会给我们讲跌倒后要爬起来这个道理，啰唆点的领导干部还会补充一句，绝对不可以在同一个地方跌倒两次。这时候的爬是形式多样的，是包罗万象的，但不管怎么爬，目的只有一个，就是起来。你起来了，就说明你是勇敢的，优秀的，起不来，你就成了一个废物，成了笑柄，成了反面教材，成了被唾弃的对象。

这时候，我们也学会了自己反省自己，跌倒了，一定要爬起来，即便是一时爬不起来，那也得歇一会再爬，总之得起来。后来我们像磕长头一样，一路跌着爬着，起来成了一种必需，我们忽略了沿途的风景，仿佛生命就是为了这一跌一爬而始而终似的。

但这样爬了三十年之后，我还是在楼道里摔了跤。这时才明白，其实每次爬起来之后，还是会摔跤的。也是这时候才明白，我妈最初的学前教育是对的，她说别着急，走慢点。而之后的种种爬起来，都纯属扯淡，如果我不摔跤，我还用得着爬起来吗？但所有的人都在教你爬起来，却不教你怎么才可以不摔跤。

我想，我还是应该走慢点的，但这也同样不能避免我再摔跤，不过，下次再摔了，我肯定不爬起来，我就赖那儿，因为我知道，肯定会有人把我扶起来，帮我拍拍身上的土，跟我说，以后慢点。如果要扶我的这个人敢一直不来，我就敢坐那儿一直哇哇大哭。

30. 渐行渐远的真相——谁把谁忘在了街角

于是，又开始顺藤摸瓜地回想，是否有另外一些人，也被我忘在了某个地方。记忆很混乱，我看不到只属于历史的真相。

午夜，从茶吧回到家的时候，才发现，好友赐的一本书被我忘在那里了。好在茶吧离家不远，便决定步行去把它寻回来。

穿过霓虹灯闪烁的街角，却无意间发现，一个年轻的女子，坐在幽暗的台阶上，俯下头，用双手捂着脸颊。我缓缓走过，看不清她的表情。

我很顺利地在茶吧找到了我丢失的书，认领回家，而整个过程里，却一直在猜测着那个女子的表情，以及她的心事。这么晚了，她在等谁认领？或者，只是想为自己找一个寂静的角落，那，又是为什么？

这一切，无从得知，倒是我的书，一直在手上安静着。

岁月长河，我们总是会有意无意地遗落很多东西，钱包，钥匙，书，衣服……这些被我们遗落的东西，有些很幸运，又被我们找了回来，而有些却永远地缩在了某个角落，缩在了记忆的暗角，再不回来，以至于我们后来连同和它有关的记忆都丢失得了无痕迹。

但这些物品是幸运的，它们没有心，不懂得伤悲。

而懂得伤悲的人们，却也总是会被别人遗落，像刚刚掩面的女子，她等在街角，或许，她在等着某个人把她认领回家。可她要等的那个人，会携着那些往事，再沿路找回来吗？

我不敢肯定，因为，很多年前，我被一个深爱的人遗落在了这个城市，我一直很乖地等在这里。而到如今，我等着来认领我的那个人，再未出现过。

于是，又开始顺藤摸瓜地回想，是否有另外一些人，也被我忘在了某个地方。记忆很混乱，我看不到只属于历史的真相。

31. 渐行渐远的思索——回程

如果可以重来一次，我一定要为自己留条退路的，而这条退路我只允许它有一个结局，那就是被浪费掉了。

“起价六块，每公里一块六，七公里后加回程。”看来出租司机是个很称职的师傅，而我却是个不称职的乘客，我报不出目的地，当他问我要去哪里时，我仿佛能想到去处似的想了几秒钟，然后告诉他，随便转转吧。

我真的不知道我要去哪里，但我知道，我绝对不能在屋子里待着。那么大的屋子，到处都是站着的他，坐着的他，吃饭的他，看电视的他，笑着的他，郁闷的他……我知道，他们不是他，他们是他的随从，他走了，他忘了把他的随从们从我这里带走，我被他们挤对得无处容身，生命危急。

七个月了，我一直在和这些众多的随从打着交道，我被他们安慰着，温暖着，欺骗着，伤害着……我被他们在一个又一个的夜晚灌醉，然后在漆黑的街道上流浪。我从楼下可以看到家里亮着的灯，可是我无家可归了。

这些，他知不知道？

车窗外的雨滴裹挟着纷繁的往事扑面而来，雨被挡在了玻璃外面，而往事依然勇往直前，我来不及避闪，又湿了眼眶。想起刚刚司机说的回程，觉得像一种嘲笑，车都知道加回程，而我未曾给过自己半点退路。

我很清楚地知道，这辆载着我的车，绝不可能再沿着来路回到当初载我的地方再继续前行。但这也影响不了它在必要的时间开始加收回程的费用。它太精于算计，而我不会，所以注定了我要被它包裹，被它掩护。

于是，开始假想，如果可以从头来过，一定要在必要的时候开始考虑回程，因为那样才不至于走投无路。我甚至开始追悔，在过去的某个时日、某个地点，我是该为自己考虑退路的，而我没有。就这样，想到风停雨住了，想到天亮了，想到大彻大悟了，开始知道，如果可以重来一次，我一定要为自己留条退路的，而这条退路我只允许它有一个结局，那就是被浪费掉了。因为我太清楚，我一直都是一个要善始也要善终的人。

32. 渐行渐远的感悟——四十三分之一

我们用了一年的时间热恋，然后用了一个电话的时间分了手。如果电脑算得准确，从我爱上他的那一刻，到我去世，他占用了我四十三分之一的时间。有了这个清晰的结果，我突然就不再怨恨了，想起的，都是他细微的好。

我一直觉得2004年那个跟我说，他会是对我们的感情最后一个放手的男人，挺不男人的，因为，他并没有说到做到。对于言而无信的男人，我并不感兴趣，于是也跟着放手了，更何况我根本不擅长死缠烂打，究根问底。

在此之前，我一直觉得自己挺英雄的，拿得起，放得下。而且放下的，是自己经过考验根本不合格的料。

可是，真的放下了，却并不比我想象的轻松。开始刻骨铭心地恨，恨他的不坚定，恨他的不真诚。这种怨恨，像无数贪婪的毒虫，咬噬着我的心脏和我的好心情。

我甚至发狠，在纸上画下两个小人儿，一个是他，一个是她。写上他们的名字，然后再用火烧掉。我想用这样的方式，给他们最恶毒的诅咒。尽管我从不迷信，但是，那时候，能诅咒到他的方式，我都想试试。

后来，有一天，他终于打来电话说对不起，说他不辜负我，就要辜负她，而她在先，我在后。他谁都辜负不起，所以，只能放弃我们这段本来就以错误开端的情感。他还试探性地问我，能不能做一辈子的朋友？

我挂断了电话，换了号码，不承认那段感情有什么错，只觉得他不对。原本想狠毒地决绝着，可是又想到他会不会后悔这个决定，会不会再回头找我，却找不着我呢？

所以，又拐弯抹角地，给他留了新号码，算是条线索。

他隔了一半个月，又打电话给我，问我好不好，却没有一点儿要回头的意思。这让我微弱的希望，彻底落了空。那种怨恨，便也翻了倍。所以，每和别人提到他，都要用到恶毒得不能再恶毒的话语。

有人就说，我这是在惩罚自己，何劳这样？道理很对，方式却不好掌握。

再后来，有一天，在网上闲逛。搜到一个好玩的测试，输入几项指标后，系统便会给你一个答案，告诉你你这一生什么时候寿终。

我算了算，我是七十三岁。我爱上他的那年，整三十。

我们用了一年的时间热恋，然后用了一个电话的时间分了手。如果电脑算得准确，从我爱上他的那一刻，到我去世，他占用了我四十三分之一的时间。有了这个清晰的结果，我突然地就不再怨恨了，想起的，都是他细微的好。

我不明白思维在面对死亡的时候，为什么会起如此大的变化，但我开始清晰地知道，感恩比怨恨，会让人更快乐一些。

33. 渐行渐远的舍得——轻重

我得装回包里的这两样东西，它们可以让我吃饱穿暖，可以让我找到家，不淋雨，不吹风。

和女友逛街的时候，她帮我拎过一会儿包，她说我的包很重，我说是吗？她说是的，她的包就很轻呢，然后孩子气地朝我笑。在我眼里，她一直是幸福的，所以，她的包很轻。

晚上回去，把包里的东西清理了出来，手机，电池，充电器，湿巾，纸巾，创可贴，一小袋铁观音，化妆包，钱包，钥匙还有另外的一些杂物。

看着被我摊在床上的这些物什，我开始以一个旁观者的身份嘲笑自己。

手机是我和他联系的唯一通道，每天二十四小时开机，上卫生间或者搭公交的时候攥在手里，睡觉的时候放脖子边，换振动，怕铃响得声音太小，睡着了，听不到。

电池我备了两块，全放在包里，是准备在手机没电的时候随时更换的。还有，充电器也是随身携带，我担心备用的电池坏了，换上去不管用，而他又恰巧打电话过来，如果在家里我可以不等电话断掉就插上电源，而如果是在街上，我则可以找家小店借用一下电源。

湿巾是准备在他热的时候替他擦汗的，纸巾是准备在他吃完饭满嘴油腻时递给他的，创可贴备着是担心万一某天和他在一起时他恰好受了小伤，可以随时帮他止住伤口的血。还有，铁观音是他最爱喝的茶，担心某天到某个地方，恰好没有铁观音，我可以拿出来，然后默无声息地帮他泡上，让他在这种小小的关怀里感动。

化妆包很大，一半是男人用的东西，剃须刀，牙刷，牙膏，毛巾，洗面奶，擦脸油……全是他喜欢的颜色、味道和牌子。跟他住过一次宾馆，知道他不喜欢宾馆里的东西，于是便一直备着。另一半是女人用的，很好的牌子，用了可以让人更漂亮一些的几乎全装在里面，不想让他看到自己蓬头垢面，不想让他看到自己的华年渐远。

现在，我盘腿坐在床上，我把这些为他准备但他很少甚至是几乎没用过的东西全放在了我身体的左边。右边剩下的就是我该放回包里的东西了。钱包，钥匙。原来，真正能为我所用的东西少得这么可怜。瞧瞧，它们多忠恳？忠恳得像奴隶。

我得装回包里的这两样东西，它们可以让我吃饱穿暖，可以让我找到家，不淋雨，不吹风。

清理完这一切，我该睡了，我已经给自己安排好了，不失眠，不做梦，一觉睡到太阳的光从窗帘的缝隙照进屋子来再起床。

从明天起，我的包轻了，轻了也就幸福了，幸福了多好呀！

34. 渐行渐远的青春——后来那人咋样了

男人当时海誓山盟，豆豆沉迷得晕头转向，以为他真的会离婚，然后某一天，他们就功德圆满了。

豆豆的故事讲完了，我和安莫几乎异口同声地问了句，后来那人咋样了？

不得不承认，我和安莫挺八卦的，其实连同豆豆也是一样的，谁让我们是好朋友，有句话说过，物以类聚什么的。

那天是个周末，我们仨要去逛街的，后来中途走累了，到一家茶吧小坐。

实在无趣，豆豆翻着刚才在路边别人给的小广告朗诵起来：中医世家，包治各种疑难杂症，肝胃肺肾癌，一周见效……

豆豆不说话，嘴就会闲得慌，任她那么声情并茂地朗诵，我和安莫喝茶喘气，毕竟没逛完的店家里漂亮的衣裳，比起那街头的野广告更具吸引力。

豆豆却突然想起来什么似的说："跟你们说件事。"

我说，说，安莫说，速度。

豆豆开始侃侃而谈。几年前，豆豆初到这座城市，喜欢上了自己的英俊上司，当时英国那边总公司早已发了调令过来，上司说："豆豆，我亲爱的爱人，我爱你如生命。"豆豆被感动得稀里哗啦的，酸不溜丢地回了上司说："没有你，我哪儿也不去。"调去英国的事也就那么黄了。

男人当时海誓山盟，豆豆沉迷得晕头转向，以为他真的会离婚，然后某一天，他们就功德圆满了。

结果某天宾馆偷欢，被上司的老婆堵了正着，好像是个什么节日，宾馆大厅里收拾得挺喜庆的，上司老婆却拳脚并用，把豆豆和大厅一并打了个流水落花。

那个上司在旁边，一直看着，后来扶起自己不小心跌倒的老婆，说："疼不疼，咱回家吧。"而豆豆被打得嘴脸出血，她也很疼的，但他似乎不认识她了。而且第二天就开除豆豆，让其出了公司。

后来又是一个节日，上司在街上遇见豆豆，死皮赖脸地要请吃饭又说道歉的话，煽情无数，无非是豆豆青春紧绷的身体让他觉得便宜还没占够罢了。豆豆倒也鬼头，跟他勾肩搭背地去了宾馆，催着上司去洗澡，用上司的手机发了条短信给他老婆。

上司从卫生间出来，裹条浴巾急急巴巴，豆豆却借口要冲冲才肯就范，后来却只是进卫生间补了妆，等那个女人来，看到了自己赤裸的丈夫，然后豆豆跟他们说了声节日快乐。

从那以后豆豆再没见过那个上司，但后来听说那上司辞职了，因为得了肝癌。

豆豆的故事讲到这儿就停了，我和安莫追问了一句："后来那人咋样了?"

豆豆说爱死不活。说得轻松，却还是有一些负气在里头的。

场面上看，我和安莫似乎更想知道最终结果，其实，更想要知道后来那人咋样了的，应该是豆豆吧。

35. 渐行渐远的信任——一定要带DV机

迪迪说她想过找我们给她作证，但后来她打消了这个念头，因为这种事情上，闺密的证词再真，都是假的。

戴敏回了加拿大之后，迪迪也人间蒸发。一周后，迪迪复出，电话刚打通就下了通知："晚上见见，橘瓣酒吧，我是被害者，你俩商量下谁埋单吧。"

"怎么她成被害者了？谁害的？"徐瑶不明就里地问我，我摇了摇头。

晚上橘瓣里我们见到了蒸发一周的迪迪，显见，她已经等候多时了，呆呆地趴在桌上，盯着眼前三只百威的空酒瓶跟它们较劲。

这不是个好兆头，原本我和徐瑶想骂迪迪的话也都打了包，先放在嘴边。

入座，徐瑶捏了把迪迪的美脸，问："妞，这是咋的了？"

迪迪依旧盯着那几只瓶子看了一分钟后，像是自言自语地开了口："如果你男朋友在你酒醉夜归之后，在你包里找到了一张宾馆的贵宾卡、一件情趣睡衣和一盒打开了但少了一只的避孕套，你猜猜会发生什么？"

徐瑶摇头，疑惑地望向我，我说这事我没干过，不过按常规来说，作完案之后是要销毁证据的，这点我知道，所以，如果某天案发，我是不会把这三样东西带回家的。

迪迪抬眼看我，一脸的无奈和无辜，可是她把这三样东西全带回去了！

我和徐瑶突然明白了点什么，对视的时候就哈哈大笑了。

想起那天戴敏从加拿大回来，我们在外面一通胡吃海喝后，回戴敏下榻的宾馆认领礼物。之所以说认领，那是因为戴敏每次回来都会带很多新奇的小礼物，大家各取所需，当然，我们也会送戴敏礼物，这是后话。

如果没有记错的话，那天迪迪从一堆礼物里认领了一件情趣睡衣和一盒据说会变色的带水果味道的避孕套。因为大家对会变色的避孕套都很好奇，便怂恿着迪迪打开一个让大伙儿学习观摩，所以，迪迪的那盒套套便少了一只，而那件睡衣，迪迪当时就撕开包装披挂上身了。

至于那张贵宾卡，是这样的，徐瑶的小叔是那家星级酒店的副总，戴敏每次回来，房间都是徐瑶提前用贵宾卡预订的，有很大的优惠额度，迪迪说她男朋友生意上经常有接待，这卡她男朋友用着最合适，便也顺手牵羊地拿走了。

事情就是这样，迪迪也这样跟她男朋友说了，但她男朋友跳得跟猴似的，死活不信。迪迪说她想过找我们给她作证，但后来她打消了这个念头，因为这种事情上，闺密的证词再真，都是假的。

徐瑶看着表情落寞的迪迪，小心地问，后来呢？迪迪说分了。

我扼腕叹息，那天真应该带上相机，把那个过程全拍下来。迪迪说不行，她男朋友以前是做设计的，他总说不要相信照片，任何照片都有可能是 PS 出来的。徐瑶说，那就带上 DV。迪迪想了想，说对，最好是那种一出厂就定好日期再不能随便更改的。

后来我们从橘瓣出来，月光美得跟水似的，可是我看着那盘傻不拉几的月亮，突然觉得那么凄凉。

36. 渐行渐远的昂扬——奶昔说明不了什么

我想，我还是会怨恨，还是会想念，也还是会继续前行，直到遇到我命里的那个人。

电影里的男人终于走了，电影里的女人终于哭了，电影还在继续着。从预告里知道，他们还会遇到自己命里的人，可我却不想再看下去，起身去了厨房。

很早以前，我就习惯上一个习惯——在心情不好的时候做奶昔给自己喝。其实，并不是非常想喝，只是喜欢那样一个简单的劳作过程，可以什么都想，亦可以什么都不想。别人能看得到的只是你的奶昔，没人会知道，过程何其丰富。

早几年，喜欢上一个爱喝奶昔的男人，为他买了榨汁机，当初很贵的，用去了我近半个月的工资，亦学会了做很多品种的奶昔，他很欢喜，便时常在晨光中亲吻我的额头。我以为会长久的，可后来他还是像影片里的男主角一样走了，毫不留情，亦没有一丝回头的可能。

有过很浓很浓的怨恨的，可是，在这个七月的傍晚，因一部并非完满的影片，又一次想念。我想，很多人都有这样一个假想，如果从头来过会怎样？即便是往事重演，结果不变，至少还可以与牵念的人再过一段不算很长的时间。

清洗水果，拿冰糖粉，取冰块，加奶。这个过程何其熟悉，而身边的人事已几经变迁。于是，一幕一幕地过了一遍。等我的理智终于可以支撑我停下这个动作的时候，眼前已经有满满一盆奶昔了。

自己笑话了自己，又把眼泪掉到了奶昔里头。

晚上，打了许多电话，找来了几个好朋友，分奶昔给他们喝，他们都说味道好极了。但没人会知道我是在看一部影片看到中途的时候去做奶昔的，没人会知道我在做奶昔的时候想到了谁，没人会知道他们正在喝着，说着味道好极了的奶昔里，有我的眼泪，奶昔说明不了任何，解决不了任何。

我想，我还是会怨恨，还是会想念，也还是会继续前行，直到遇到我命里的那个人。

37. 渐行渐远的过往——牛仔布上的过往

时间太快，我已经开始脱头发，一个与我年纪相仿的人在他的博客里说，发现自己的身体已经在走下坡路了。这些事实，我们最终都得接受。

收拾衣柜的时候，又翻出了那些牛仔布，最初的时候，它们是一条佐治的牛仔裤。

2003 年的冬天，我的一项摄影作品里要用到旧的牛仔布。回家，跟合租的女孩提起，她便很慷慨地将那条裤脚有些破损的牛仔裤拿出来给了我。

后来，作品完成，这条旧的牛仔裤便失去了利用价值，但没舍得扔掉，被我用一只小袋子装起来，随意地丢在了屋子的一角。那时候，它的主人已经搬出了同我合租的屋子，我们本来陌生，后来有幸同住，有过一段不算长却挺快乐的时间，但最后，她下落不明。

闲余的时间，便只能在空落落的屋子里，用网络来打发时间了。

某日，和一个陌生的网友聊天，她教我做手工的布灯罩。于是，按网友教的，用剪刀沿着裤子的边线，剪下整块的布来。

接下来该怎么办？那个网友没有说，她再没上过 QQ，或许，她的 QQ 丢了，也或许……我猜了好多，可是我不知道我是否猜到了那个最正确的原因。

我也想过自己动手，按自己的想法用这些旧牛仔布做一只灯罩，可是这只是个打算，那些被我剪下来的整块的牛仔布又住进了原来的那只袋子，又是半年。

我搬家，将那只袋子和一些垃圾堆放在一起，准备一起扔掉，可是，当搬家公司的车在楼下按着喇叭催我下楼的时候，我还是捡起了那只袋子。

然后，它们便跟我辗转了许多地方。

一个清晨，也是在收拾杂物的时候，又发现了那些旧的牛仔布，那已经是 2005 年的秋天了。我又想用它做一只手袋，缀上漂亮的小石头和珠片，我甚至想到了它成形后漂亮的模样，可是，也只是想想，它们又一次被我搁置。

2006 年的这个早晨，我再次见到它们。三四年了，它们一成不变，我不知道我最终会将它们怎么样处理，但我肯定是不可能按那个网友的方法把它做成一只灯罩了，因为后面的步骤我不知道。我也不可能再把它还原成原来的样子，还给它的主人了。

时间太快，我已经开始脱头发，一个与我年纪相仿的人在他的博客里说，发现自己的身体已经在走下坡路了。这些事实，我们最终都得接受。

38. 渐行渐远的清澈——假想主义者

我开始在这全然两样的假想里，看不清人的样子。

我习惯于假想，而我的假想习惯于走两个极端。

譬如，对于同一个男人，有些时候，我会假想，他很爱我，他关心我一天的所有举动，他担心我的衣食住行。他常常会想念我，想要知道我的所有消息，他会打电话给我，而又怕打扰到我，所以，一次一次地拨了电话，再挂断，一次一次地编好了短信，再取消发送。然后，他便一个人沉默下来，开始想象我现在在干什么，当他想到我有可能和别的男人在一起时，他会急得睡不着觉……这样的时候，我就会觉得特别快乐。有个男人那样爱我，我有什么道理可以不快乐呢？

而另一些时候，我会这样假想，我假想，我深爱的男人，他正和他心爱的女人在一起，他们在做一些简单且在我平日看来毫无意义的事情，譬如，一起散步，或者一起逛超市，买吃的和用的，再或者一起买菜，做饭，然后，他盛面汤给她。但也许，他正躺在沙发上看电视，然后，她下楼买烟给他。她买烟的时候一定面目平静，小店的老板肯定也看不出她的幸福。这样的女人最没心没肺，被别人爱得喘不过气来的男人被她占了去，她怎么可以做得风平浪静呢？于是，更多的，更细致的，更能伤到自己的假想也就争着抢着奔了出来。我开始在自己的屋子里，呼吸艰难。

而往往，被我假想的幸福，其实并不存在，被我假想的不幸，我却无从考证。因为，男人都很聪明，在这一点上，即便是他们付诸了行动，也永远都会守口如瓶。我开始在这全然两样的假想里，看不清人的样子。

于是，我又开始假想，假想有一天，我失去所有知觉。是否，有一个人，还会经常想念起我，再然后开始愧疚，愧疚他当初没有对我好一些，再好一些。

39. 渐行渐远的脚步
——三十元钱的鞋子，能走多远

其实，也没有什么目的，只是想知道，我第一次深爱过的男人，他现在在哪里，过得好不好？他是否还记得他当初花三十元钱为我买的鞋子的模样？仅此而已。

那天和好友聊天，很意外地听到这样的话，说是情人之间，不能送鞋子，送鞋就是送走，但凡送过的，都没有好结局。

起初只是当做调侃之言，但低头搅咖啡的时候，却还是想起从前。

那时候和心爱的男孩谈恋爱，我们一样小，一样穷。可是我生日的时候，他却执意要送礼物给我。我不要，他不肯。后来，还是被他拖去一个现在看来很低档的商场。他问我想要什么，其实我什么都想要，却偏偏装得自己很富有的样子，对各样物什不住摇头，显示着自己的不满。却其实，我满意得不得了，我恨不能整个商场的东西都是我的。

后来，我们在一组鞋柜面前停下来，是我有意停的。因为看到他不送东西势不罢休的样子，便寻思着让他送双鞋吧，因为要换季，我正准备买鞋子，这样我省下了买鞋子的钱，可以悄悄给他买些饭票，那样的话，我们的工资都可以用到月底。

再后来，我试来换去，挑了一双厚底的松糕鞋，三十八元，砍了价，三十元成交。当时，险些感动得鼻涕一把泪一把的了。心想着，以后无论多大风，多大雨，都要委身于这个男人，不离不弃，不折不扣。

可谁想，鞋子穿回来的第三天，便在他宿舍里遇到了他的未婚妻，原来，他家早已经给他订了婚事。只是他从来没说给我听罢了。年轻的爱情哪经得起这样的折腾。我跟他分了手，却并没有把鞋子还给他。因为那会儿穷，还了鞋子我就得再买一双。可是我买鞋子的钱早给他买了饭票。迫于经济危机的压力，我从那个男人身边带走了一双三十块大洋的松糕鞋。

或许是穿了人家的鞋子，受了人家的恩惠，在事情之初，小小地恨了几年，之后再想起，没一点儿恨意，只懂得惦记。只可惜，隔了近十年的时光，我打探不到他的丁点消息。

其实，也没有什么目的，只是想知道，我第一次深爱过的男人，他现在在哪里，过得好不好？他是否还记得他当初花三十元钱为我买的鞋子的模样？仅此而已。

可是我断了一切与他有关的线索，命运也不舍得给半点提示。又或者，是他买的鞋子质量太好了，十年前带我从他身边离开，这么久了，没有丝毫要走回去的迹象，哪怕是走近他身边看一眼也好。由此可见，这双鞋子不仅质量不错，而且方向感也很强。

40. 渐行渐远的心情——水晶之链

我也试过让自己有面子一些，内心却是面验谎的镜子，什么谎话都瞒不过它。于是，我便对自己说，想了就想了，大不了更没面子一些，怕谁?

又一次为我的手机链换了一部新手机，好事的人，不停地追问，我却笑而不答，不过是一些旧事罢了。

和他繁花落尽三年了，未果的结局清晰在目，可是，就这样一条破旧得不堪入目的手机链子，硬是没舍得丢。

一直以来，我把记忆打理得井井有条，像存放在档案室的资料。在我的意念里，那些与往事有关的物什便是一个个标签，或者一个一个注脚，更多时候，它们更像是一个个证据。我总是思维混乱，所以，我不敢轻易摧毁标签性的东西。

我必须用它们，记住另一些它们。

这一说法是我费了好长时间总结来的，还有另一个拿不上桌面的说法，它更直截了当，那便是，我还是一直在想念那个开始爱我，后来却伤害了我的人。他给我的打击不足以致命，但也大得可以，我恨他又爱他，像一个母亲生出的不听话的两个双胞胎姐妹，她们总是吵嘴，但你知道，作为母亲，是不可能只择其一的。我便是这样，一边恨着，一边爱着，一直没舍得丢掉这条手机链子，这是他送给我的唯一礼物，我怕我把它丢了，也把那么一大段的时间都丢了。其实早就丢了那么一大段的时光，可手机链是个线索，总会给我制造错觉，让我以为一切还都来得及挽回。而我，总是在这种错觉里感受安慰，这样很不错。

起初，我也曾将这样的想法说与人听，他们大都以鄙视的眼神看我，这总让我觉得，想念一个再不回来的人是件很没面子的事情。我也试过让自己有面子一些，内心却是面验谎的镜子，什么谎话都瞒不过它。于是，我便对自己说，想了就想了，大不了更没面子一些，怕谁？

我这样跟自己说话的时候总是泪流满面，好在我还有这条可以纪念那桩爱情的链子，姑且称它“水晶之链”吧，将余生所有的日子，链接向那个残缺不全的爱情故事。

41. 渐行渐远的参与——花草告诉我的

心间暗想，如果以前的很多个时候，我没有被清理出局，而我也没有因为胆怯和自卑而退场的话，一切，可能会不一样。当然，我还经常想的是另一个问题，那便是，以后的很多个时间，我若有机会留下，一定要不一样。譬如，生命，或者爱情。

好不容易盼来了春天，虽然来得有些晚，但好在阳光依旧明媚，气温也有明显的回升。于是急急地翻寻出前一年冬天收集来的花种子，一一种下。

爱花爱了十几年，那种爱恋的表达形式，时浓时淡。像与亲友的相处，无论疏密，亲切是不会改变的。

好在老天给面子，连着两周的晴朗天气让育苗盘穴里的种子都纷纷露出了小小的脸。又过了些时日，在市场上买了上好的培养土，将那些苗苗从盘穴里移到专用的盆里。这是每年必不可少的几个步骤，然后细心照料，看花儿们一天天茁壮成长。

忽一日，却发现某一只花盆里赫然长出了几株草苗。那是最后移植的一盆，因为培养土没有了，便在园子里随便挖了些土上来用，想必是泥带了草种子在里头。

本来是想拔掉那些草苗的，却被妹妹的话堵了回去。她说先别拔，有可能是花，拔掉了多可惜呀。我停住了手，但并不是因为妹妹说的有道理。我往每只花盆里只移栽了一株花，不会再有其他的冒上来。但我之所以不想去拔掉它们的原因是，我突然觉得有些可惜。

从一粒种子，到一棵苗。无论是花，是草，经历的，都是同样的步骤。而花将被我用精致的盆子养在上好的土里，草苗却面临着要被拔掉的危险。也是突然地有些伤感。于是留下了那些草苗，任其自生自灭。

其实，心里是堵着一股子气的。甚至希望那些草苗能长得更欢实一些，更壮一些。而如此作为，也无非感念于我不被命运所垂青的很多个瞬间。

后来，草便很争气，长得很壮，将花苗比得又瘦又小。来我家的客人都说我偷懒，不将那些杂草除掉。我只是笑笑，不作解释。另外可做的一件事情，便是，在寂静的时候，一个人守着那盆杂草。

心间暗想，如果以前的很多个时候，我没有被清理出局，而我也没有因为胆怯和自卑而退场的话，一切，可能会不一样。当然，我还经常想的是另一个问题，那便是，以后的很多个时间，我若有机会留下，一定要不一样。譬如，生命，或者爱情。

42. 渐行渐远的信心——干枝梅的冬天

那种坚定和自信让我喜悦，就像我相信自己一路走来，招惹过无数忧伤，但我总会快乐起来的，因为我的生命里还有一颗苞芽，我看到它的内里，泛着绿色。

那天从花市路过的时候，遇到路边小摊上有卖干枝梅的，是扦插的小苗，十几厘米高，枯树枝的样子，带着一些些稀疏的根须，倒是枝杈上着实有些许鲜活的苞芽。

围拢的人很多，有人在问着价钱，有人在看摊主摆放的干枝梅开花后的照片，更多的人则一直抱怨，说去年买了，没种活。摊主不管这些，只顾扯着嗓子叫卖，说五元一枝，五元一枝，很好活，两周后就开花。

其实，我不是很喜欢花草，我停下来观望，到后来动了想要买它的念头。这是因为围观的很多人在说，这花不好活，去年买了都没养活，我喜欢背道而驰，喜欢奇迹。如果这些理由还不够充足的话，那还有一点，就是那些鲜活的苞芽，它们那么小，像初生的孩子，缩在干枯的枝杈上，我想抱养它们，还想它们能开花，一朵也好，至少反驳了那些怨言。

于是买了六枝不同颜色的回来，又挑了漂亮的花盆，买了专门育花的土。回到家一心一意栽种，一有空就去阳台上照看它们。我甚至每天都给它们拍照片，然后在电脑上将照片放大了，对比它们有没有变化，有没有能活过来的迹象。

当初，卖花人说两周就会开花的，可是，我等了三个两周，它们还是纹丝不动。后来耐心开始丧失，隔几日，便去抠下来一个苞芽，看看内里是不是还泛着绿色。看了，确实是泛着绿色的，便放心一些，隔几日，再去抠。它们一直泛着绿色，一直不开花，一直一动不动。

看着枝杈上被我抠得所剩不多的几个苞芽，我倒开始平和下来，我不再去看它们是否还泛着绿色，不去给它们拍照片看变化。我只是每天起床时渴望它们能开花，然后去阳台上给那些看上去干枯的枝杈浇水，再把它们抱去向阳的位置让它们晒晒太阳。

我想这样就足够了，虽然很多人都说它们不好活，虽然我等了好几个两周，它们都没有开花。但我想，总会开的，至少会开一朵，因为这个冬天都快完了。

那种坚定和自信让我喜悦，就像我相信自己一路走来，招惹过无数忧伤，但我总会快乐起来的，因为我的生命里还有一颗苞芽，我看到它的内里，泛着绿色。

43. 渐行渐远的童心——突然很想去印度

作完这一番寻味，天色已经完全暗了，我别着百合花的照片在电脑桌面上，泪水在我脸上。我开始疯了似的想去印度，只为别一串茉莉从人前经过。

杨二车娜姆这个戴花的女人，让2007年的夏天多了一道风景。但说实话，开始的时候，我是有些不能接受的。甚至后来好几次，有意收看湖南卫视的快乐男声，其目的只有一个，那就是想看看杨二车娜姆同志有没有把花拿掉。

但她似乎比我还要固执，大红，绛紫，桃粉，翠绿地换着，一次比一次夸张，一次比一次鲜艳。看来，她是要一意孤行了，我开始有些烦。

后来又无意中看她的专访，才明白，彝族的女人都喜欢花，她们喜欢把鲜花插在头发上，越多越好。因为，在她们看来，花朵是纯洁善良的，是爱和祝福的象征。我开始原谅杨二车娜姆。

不久后，在网上读一篇游记，是关于印度的。作者在游记里说，印度女人每天早上都会买来成串的茉莉花，盘在发髻上，每串有手臂那么长，是卖花人串好的鲜花，有淡淡的香。

看到这里，我特别激动，突然很想去印度，一夜酣睡后，对镜梳妆，之后去清凉的街角，买回成串的新鲜茉莉花，轻巧地盘在发髻上。然后，去哪里走走都行，重要的是没有诧异，没有好奇。只有茉莉的香，帮人掩去许多俗世的浮躁。

当然，如果不用去印度就能完成心愿更好，毕竟我对那个国度除了名字和茉莉花外，几乎一无所知。但看看周围，除了新婚日，又似乎真的没有那么一个地方，可以让你在头上别一枝鲜花，来去自如，而无好奇的目光。

于是在屋子里发呆，百无聊赖，然后将盆里新开的百合剪下一枝来，别在盘起的黑发上，在侧面，不太夸张，用相机拍了照，却不敢拿给别人看，怕被指责神经错乱。

照片上，嘴角有笑。想起小时候，攒钱去买绸带的情形，各种颜色，按尺卖的。三五个孩子，持一沓毛票赶很远的路去买，甚至会记得那家店里都有什么颜色的，什么价钱。然后乐呵呵地捧了绸带回来折成花朵形状，戴在头发上，便觉得自己跟公主一样。

后来有了那种带蕾丝和纱网的蝴蝶结，浅粉色居多，也有大红的，但大红的销量不如粉色的好。那会儿，省了买作业本的钱，省了买自动铅笔的钱，存够了就去买一个新的。但买到底，还是觉得少一个更漂亮的。

然后是十五岁生日，表姐送了我一只塑料的发夹，也是蝴蝶造型的，但是比原来的蝴蝶结好了许多，不脱丝，也不退色。之后的一两年时间，为了戴着那只发夹，我甚至没有换过发型，没有剪过头发。

再后来，几乎是一夜之间，不知不觉街边小店里都是款式各异的头发，美得不得了，而那时我却喜欢上用黑皮筋扎简单的马尾，穿素色衣衫。据说这样不俗气，然后就坚持了好多年。

二十五岁的时候，又开始买头花给自己，还有各色鲜亮的发夹。开始有好朋友调侃说，那是因为我意识到自己老了。

作完这一番寻味，天色已经完全暗了，我别着百合花的照片在电脑桌面上，泪水在我脸上。我开始疯了似的想去印度，只为别一串茉莉从人前经过，也开始敬佩杨二车娜姆的勇敢。原来，女人和花，是有些缘分的。

44. 渐行渐远的从容——想要一寸画里的时光

我开始把自己处理得淡定从容，处理得平静安定。我像一个等着看彩虹的孩子，虽然我等了无数场雨，但也可能，那道彩虹会在下一个时间一直从天边挂到我眼前。

很小的时候，看过一幅很美的画。画里的女子，着淡紫的纱衣，坐在一个养满各种花木的天台上，她及膝的长发顺着藤编竹椅的扶手搭下来，落在对面男子的手臂上，男子拂着女子的脚，眼中含有万千情意。就连他们脚下的楼宇和头顶的天，都因了他们的美丽而生了万般缠绵悱恻的情境。

看到那幅画的时候，我还很年轻，而我乌黑的头发却已经无数次地被我留了又剪，剪了又留。上帝没有应允，羞涩的人不可以有爱情。十四岁的时候，我从一本十七岁的孩子看的书上知道了，爱一个人就要为他留很长的头发，发丝，发誓，发誓一辈子要在一起，不离不弃。而我为其留长头发的那个人是不知道的。也是从那一年起，我的头发就开始遭遇劫难，被我一次一次地留，一次一次地剪，而爱情却总比我留头发的时间短了又短。

那时候，我最大的梦想，就是能有一个好男人，他能给我更多的时间，让我将我的头发和心愿都能留得更长一点儿。

后来，我的头发终于蓄了起来，不及膝，却也长得可以。在我开始为我的头发和自己期待一场婚礼的时候，那个我为他留长头发的男人却意外地不辞而别了，再没回来。红尘只怕看穿，谁能无有离别呢？虽然天地有灵，可痴心难长久，恩爱天地妒。只是我，少了年少轻狂的那份决绝，我还蓄着我的发，却再也没有了一个可以天长地久的借口。

我喜欢的一个人在她的文章里说，爱情又少又不好养活。我庆幸这样既少又不好养活的爱情能被我遇见。只是被我爱着的那个人，他永远不可能再来到我身边。不在也罢，我还为他留长且乌黑的头发。

寂寞跟着头发一起疯长，我开始相信，爱情不像留长头发那么简单，我开始想象，有一个人，在身边。

你知道的，那是一个漫长的时间，我开始努力地学着适应，我告诉自己要再一次选择，与背叛无关。生死安然，知道他也会希望我更快乐一点儿。直到我心意坚定，我第一次，因为爱，而剪了我很长的发。

我终于一无所有了，而相好的女伴则抚摸着我的头发说，亲爱的，再开始吧，还来得及的。

也许吧，还来得及吗？

也许是因为要让周围的人都放心，我用很快的时间把自己抛进一桩烟火婚姻，感情的乏味和物质的贫乏总让我们争吵到筋疲力尽。直到某一日，他将我养在阳台上的几盆花都砸得粉碎的时候，我决然地离开了。生活早已面目狰狞，而那几盆可怜的花草，只是在帮我粉饰一些好心情。而彼时，我又一次流离失所。

再想起那幅画的时候，是一个落雪的傍晚，我走在被两边的高楼夹起来的窄窄的街上，寒冷和失望让我掩面而泣。我用闭着的眼睛看到了那幅画。

深夜，在影院里收到好友打来的电话，她说："你好好的吧，我会很牵挂。"

我说："放心吧，我没有虐待自己的勇气。"十四岁的时候，我可以因为我暗恋的老师找了女朋友而把自己的头发剪得七零八落。可十几年后的今天，我爱惜自己爱到不允许自己毫发有伤。因为，别处的风景那么美呀，譬如那幅画。

我开始把自己处理得淡定从容，处理得平静安定。我像一个等着看彩虹的孩子，虽然我等了无数场雨，但也可能，那道彩虹会在下一个时间一直从天边挂到我眼前。

我开始不停地做一个梦，执著，而且从容。我梦想，有一个长满各色花草的天台，有一个我爱的男人，有一头乌黑的发，可以不及膝，但可以一直长，一直长。

也知道这画里的一寸时光不能涵盖了生命的全部，而幸福的本真也是千万人眼里的各异形色。我却依然做着这样一个天真而痴傻的梦。

后来，我爱的那个人终于被我梦到，我们没有天台，我们将花种在院子里，我的头发不及膝，却一直在留着，我可以披下来，也可以扎起。重要的是，我爱的那个人，他一直在身边，柴米油盐，一日三餐。

45. 渐行渐远的理智——难堪

我开始知道自己错了，开始知道自己错在什么地方了，开始知道我为缓解痛楚所作的努力都是徒劳，我“招惹”了他，所以注定了我要有这样午夜泪落的难堪。

午夜两点，正玩电脑游戏的时候突然想起一个人，特别特别想，想得眼泪争着抢着往外涌。这场想念来得太突然了，以至于连我自己都有些搞不清是在梦里还是醒着。

和他繁花落尽快一年了，未果的结局是早就了然的，而这一刻的心，却揪扯着疼。

他是个为我笑过，为我恼过，为我掉过很多眼泪的人。在未分手以前，他每天给我打很长时间的长途电话，给我发好多问候的短信。那时候他不谈理智，也不许我谈，每每，因为众多原因，当我提出分手的时候，他总是说：“你现在提分手，怎么可以，当初你干什么去了？”那言语在我的理解便是——你已经招惹了我，还想分手，没门！

这很像是另外一种形式的承诺，其力度之大，较起那些甜言蜜语来更要强烈。也于是，我信以为真，我不闹了，乖乖地做他的小女人。可某一日，他却开始玩理智的游戏。他说："我们分手吧，不是我不爱你了，只是在感情和理智里，我选择了后者。"

我听完电话，呆了三分钟，我很想反问他："你现在提分手，怎么可以，当初你干什么去了?"可我终究是没有问出口。我不是男人，不懂得强取豪夺。心想，任他去吧，等他不想玩分手了还会回来。

可这一次，我的自信却跌得鼻青脸肿。他一个月内再没有打电话过来。后来偶尔会来电话，我要么拒听，要么冷言冷语地说一通。但任我万般表情，事情显然已经没有了回转的余地。

我开始不停地玩电脑游戏，看喜剧的影碟，和不相干的人说不关风月的话，我喝安定，戒酒，交更多朋友。我夜以继日地这样折腾自己，竟然似乎真的没有了悲伤，倒也是快乐不起来，但眼泪确实是没有流过。为此，我怀疑过我爱他的真诚。但事隔一年的这个午夜，我什么都不怀疑了。我不怀疑那个难堪的结局，也不怀疑自己的爱情。

我怀疑的，只是我对他当初拒绝分手时那段话的理解，我开始明白，那段话真正的意思应该是——你已经招惹我了，还想先提出分手，没门！看看，少理解了一个"先"字，便增了如此多的麻烦。

如果当初在他爱上我时，我不去"招惹"他，他是全然不会给我备下分手这样一份礼物的。我开始知道自己错了，开始知道自己错在什么地方了，开始知道我为缓解痛楚所作的努力都是徒劳，我"招惹"了他，所以注定了我要有这样午夜泪落的难堪。

46. 渐行渐远的自己——那么好，那么少

别跟自己较真，别跟自己过不去，这才是好孩子。

就在我写这篇文章的前一个晚上，我用手机短信安慰一个心情不好的朋友，直到凌晨三点多钟。说得刻薄一点儿，论交情，我没有必须去安慰他的义务，更何况，惹他心情不好的人也不是我。可我还是这样做了，我不是在向你夸耀我的善良，我只是觉得他闹情绪的那一刻，很像好几年前的我。

这是个不疏不密的朋友，间或知道一些他的事情，譬如家庭不和，爱情不顺利。倘若他是那种决绝，豁达，或者冷漠的人，也还好说，可他偏偏感情用事，深情，而又多疑，还不善于作决定，这样的人是很容易受伤害的。我总是给这样的人下这样的定义，因为我就是个很好的案例。不过，那都是以前。

朋友没有告诉我他为什么突然情绪低落，我也没有去问原因，他只是在短信里说在清理电脑里一切和往事有关的东西，什么都不准备留下。他还说，自己很不快乐。我知道他电脑里装着些什么，他这样做大有与往事一刀两断的决然，但我深知，对朋友来说，这只是个瞬间。他没有走出往事那么好的运气，因为他的性格使然。

所以，我不用去担心他以后会怎样，我只是希望他能在这个深夜里快乐一点儿，然后安然睡去。于是，我一条一条的短信发过去安慰或者指责他，其实那一刻的感觉更像是我在宽慰那个从前无助的自己。因为我知道不快乐的、难眠的夜晚不好受。

后来朋友心情好了些，终于睡下。而我给他都说了些什么，我

也记不太清，但有一句话我记得——别跟自己较真，别跟自己过不去，这才是好孩子。其实在这里，我也是用借来的花献了佛。这句话是别人说给我听的，也是在我心情不好的时候，一个朋友送给我的一句话。

我一直觉得人一生最大的敌人就是“我”自己。自己和自己打斗拼争，到老了也不会分出个胜负，那又何必在某一个瞬间跟自己较真呢？虽然我们没法控制自己的血压、心跳、潜意识，但我们绝对有能力在情绪不好的时候转移注意力，不要让坏情绪四处泛滥。因为快乐那么好，那么少。

人这一生，要经历多少不容易，谁都计数不清，生命要以怎样的形状滋生繁衍，谁都难测。那么，倒不如在适当的时候，赠自己一身盔甲，又暖又安全。

47. 渐行渐远的心意——孤单着，狂欢着

我不富有，可我似乎什么也不缺，对生活的要求，已经降至最低。那么，还有什么能给我惊喜？除了一份真心意。

29岁生日，没有通知任何一个人，这是个很尴尬的年纪，不适合再呼朋唤友，出去狂欢着过。最后一个与20有关的生日了，这一天，似乎更应该安静下来。

这样说，其实也并非真心话。真正想要的，是除了母亲，然后，他会记得我的生日，给一份惊喜过来。老了，对爱情便不再那么苛刻，总想着给他出道题目，如果答对了，便接纳过来，给自己以及青春一个还算能说得过去的交代。但，一边期盼着，又一边担心着，

担心他会忘记这个日子，那样，我连一点儿说服自己的借口都没有了。

好在他记得。早早地便打了电话过来，问，要过生日了，想要什么礼物?

这是个很难回答的问题，几乎这个问题在我这里，从来没有答案。

我不富有，可我似乎什么也不缺，对生活的要求，已经降至最低。那么，还有什么能给我惊喜？除了一份真心意。

我不答，他便等着。后来是我先挂了电话，开始感到那么绵软漫长的无奈。

放在年轻时，绝不会有这样的尴尬。因为年轻的男人在爱情方面，还舍得花力气的，至少，会费些心思去讨好你。

后来的傍晚，便收到他的信息，说是生日那天，他有个会议，但他会托人送鲜花过来，让我记得开手机。

本来就不是很爱的人，这样的礼物也并无多少惊喜，可还是开心了一些，至少，会有束花，我还可以借它献给自己。于是，生日那天清晨，早早起床，装扮一新，虽然并不曾想着要出门，却总假想，三年前，五年前，或者更多年前，有心爱的人，等在外边，一开门的蓬头垢面，要不得。

后来，便是清脆的门铃声，香气四溢的玫瑰，这和我想象了很多年的场面很像。只是送花的人，我不认得。

不过还好，有清晨，有阳光，有花，有我打扮得看上去还算年轻的脸，有关于爱情最美的想象。而漏掉的那些浪漫，总应该会有人再补上。

于是心情又开始变得晴朗，一边签着单，一边狂欢着。

30 岁了又怎样？我总得对自己好，不想再随意迁就。我想，从明天起，我可能还会化很漂亮的妆，还会在某些个特殊的日子里，冷不丁地拉开房门，或者，我要等的人，就正好站在门边。而他，最好不要预约，我想要的幸福 ，是从天而降的那种。

48. 渐行渐远的诺言——我也想你

而我们，一边把诺言当招呼打，一边做着跟诺言没什么关联的事情，所以我们注定不幸福。其实，很多时候，我们并不是不敢去爱，只是害怕没有回应，害怕有一天，我说出我想你这三个字后，得不到你适时的回应。

我回来了，你在哪里?

当最后一个问号被敲上文档，泪水也不觉悄然决堤。这一切，并非因为我顺利完工的小说，我不喜悦。我伤怀于那个当年可以在风里飞扬的少年给我的誓约，它并未兑现。

我走的时候，他说："你走吧，不管你走多远，走多久，我都等你。"

我回来的时候，他已经是两个孩子的父亲了，他沉默不语。

如果当初，我们什么都没有说，我或许会好过些。

但说了，就记着了。我没有埋怨，因为面对漫长的一生，我们都会胆怯。

想起很久之前听过的一个故事。一对恋人，因为种种不可抗拒的因素，在最相爱的时候匆匆分手，之后音信皆无再未谋面。很多年后，当初年华恰好的恋人都已成了白发苍苍的老爷爷、老奶奶。他们各有家室，但依是惦记着对方。

后来，老爷爷因为一场重病离世，临终前，他将一个小箱子交给儿女，告诉他们一定要找到他当年失散的恋人把这个箱子交给她。儿女很孝顺，终于找到了父亲当初的恋人，只是当他们找到那个老奶奶的时候，老奶奶也刚刚去世，她也留了一个同样的木箱，紧紧锁着。双方儿女不得不分别打开木箱，老爷爷的箱子里只有一张纸条，一句话，“我想你了”。老奶奶的箱子里也不过一张纸条一句话罢了，“我也想你”。

他们没有诺言，却爱了一生，这恐怕才是最好的棋逢对手。

而我们，一边把诺言当招呼打，一边做着跟诺言没什么关联的事情，所以我们注定不幸福。其实，很多时候，我们并不是不敢去爱，只是害怕没有回应，害怕有一天，我说出我想你这三个字后，得不到你适时的回应——

我也想你！

49. 渐行渐远的真实——我到哪儿去了

每时每刻，我都把自己装扮得很像个贤惠的妻子。

每时每刻，我都必须而且一定要提醒自己，我已经过了未嫁的年纪。

可这一切，都没有丝毫意义。

那个几乎每天都阳光灿烂的春天，我用了两周的时间，作了一个决定，我要把自己嫁出去了。我实在给自己找不出理由的时候，我跟自己说：“你看，楼下的花都开得不成样子了。仿佛再不嫁便来不及了似的。”我跟自己说话的时候，语气很好，我怕自己会反悔。

终于很成功地嫁了。

新城市，新房子，新人，新的家具物什。周围统统陌生的一切，让我好像快乐了一些日子。那些日子，我每天定时起床，给那个我每天早上醒来都觉得有些不认识的男人做饭，洗衣服。再就是牵着一条我不认识的狗，去楼下，和我不认识的人说些莫名其妙的话。

每时每刻，我都把自己装扮得很像个贤惠的妻子。

每时每刻，我都必须而且一定要提醒自己，我已经过了未嫁的年纪。

可这一切，都没有丝毫意义。

我终于还是在午夜的时候醒来，蹑手蹑脚地起床，然后趴在很大很陌生的窗户上四处张望，夜很黑，有时候能看到月亮，有时候看不到。

曾经有很喜欢的男人跟我约好，将来，要让我穿纯白的礼服，要有个华丽的婚礼，后来他先等不及，将本应属于我的婚纱穿在了另一个女人的身上。因此，他也失去了我婚礼上，我左边的那个位置。

本来，我们是开了一场大玩笑的，可我却总希望，我们只是开了一个小玩笑，或者我们根本就没有开玩笑。我也总想着，他能沿着我的气味找到我的方向，然后在漆黑静寂的夜晚，在楼下唤我的名字，带我回到从前。我总担心自己睡着了，听不见，可是，我看得到看不到月亮的夜晚，都听不到他的呼唤。他那么，那么遥远。

每个晨曦微露的瞬间，我赤着脚回卧室，穿越身边陌生的一切，我隐约看到自己很青春很美好的影子，牵着一个男人的手，我看不清他的样子。之后的很长时间，我躺在床上，看天花板，我总是搞不懂，我到哪儿去了。身边晨起的男人，会很客气地亲吻我的脸。

我想，似乎应该从明天起好好爱他，然后找到自己。

50. 渐行渐远的存在——忘记你，太不容易

我不想从前以后，不想过去未来，不想恩怨是非，我只是想你了。留一个空间，留一个瞬间，毫无理智地想你，想你。没有理智，没有意识，没有功过是非，即便，下一刻，我便开始后悔。

当那个陌生的男人唱道，“忘记痛或许可以，忘了你却不太容易”的时候，我给自己的杯子里加了好多冰。

亲爱的，我一个人来泡吧了，这不是我的喜好，可是我却做了这样的一件事情。因为我想你了，我比以往的任何一次都更想你，可是我找不到可以想你的地方。

我知道这样不值得，我知道这样不对，可是这一刻，我不想隐瞒自己内心的真实想法，我想你了。比以往任何一次都更想你。这一刻，我的所有意识都在指使我发短信给你，或者打电话给你，告诉你，我想你了。可是，我用冰去冷冻自己的口舌，也去冷冻着自己的意识。我不能想你。

是你自己选择分手的，是你自己从彼时起再不闻不问的。我想你，只是我想你，与你无关。

很多次，我想起你的时候，我总觉得这一次想念都要比以往的任何一次更甚。可是亲爱的，我不能打电话给你，也不能发短信给你，这是我的底线。我承认我还不至于完全成熟。在我看来，面子还是头等大事。所以，我想你了，我给自己的杯子里加了好多冰。

那时候，我多么孤独。你知道吗？你在哪里？

亲爱的，我都跟自己说好了，不想你，亦不要想起你。我亦如

此跟你说了，我说你算不了什么的，你并不重要。我用刻薄毒辣的话语刺激你。不是决绝，不是不在乎，更不是不爱了。我只是想让你再像以前那样在乎我，我只是想让你在乎我。可是一切都不是从前了，我遇到谁都不再会是你了。

后来，又有人在歌里唱，“终于在眼泪中明白，有些爱，一旦错过就不在”。亦自知，即便可以从头来过，即便我还是我，可你已不是你了。我太过明白，我不够宽容，不够大度，我做不到既往不咎。我是个惨败的将军，可我不想收复失地。

我只是想你了，比以往任何一次都更想你。

我只是想你了，只是想你。

我不想从前以后，不想过去未来，不想恩怨是非，我只是想你了。留一个空间，留一个瞬间，毫无理智地想你，想你。没有理智，没有意识，没有功过是非，即便，下一刻，我便开始后悔。

51. 渐行渐远的超然——和一组号码有关的下午

然后我回家，洗漱，上床睡觉。只是，像你不知道我都干了些什么一样，我也不知道我都干了些什么。但心情超好。我想，类似的，小小的匪夷所思，谁都需要。

和徐美女从茶吧出来的下午，她要去约会，我总不能跟了去当电灯泡，便一个人在街上漫无目的地瞎逛。其实也并非全然无聊，我只是太需要活动一下我这还不算太老的筋骨，它们被电脑和我合伙虐待了太久。

但我还是在一家冰吧门口停住了脚，进去买了甜筒，便坐在街边的条椅上吃起来。却其实，我并不是想吃甜筒，也不需要休息。我只是想和身边的那辆车子多待一会儿，确切地说，是想和那辆车子的车牌号码多待一会儿。

除了省份简称和城市代码不同外，其它五个号码，和很早以前，另外一个车子的车牌号码一模一样。

我神志很清地知道，我这样做，没有丝毫意义，但是，我也同样清楚地知道，我需要这样，因为至少它很有趣。

于是，我一边吃着甜筒，一边守着那辆车子。想到的，自不必说，是很久以前的事。黑色的奥迪，我喜欢的男人，烧成灰也能记得的号码。还有那些被欢笑、泪水、承诺和欺骗纠缠包裹的往事，太多，记不清细节。只是很清楚地知道，它们发生过，和这个五位数的号码，息息相关。

只是，都过去了。时间像是最好的平面处理软件，把伤疤处理得不留痕迹。还好，它没有把脑子里这组号码擦掉。反而，给我养成了一个不算太坏的习惯，便是每次出门，不会留意街边的帅哥靓妹，而最常注意到的，会是一辆辆车子的车牌号码。

而那些数字，总像是有意要开我的玩笑，它们不是离那个号码太远，便是只差丝毫，今天，终于让我揪住了一辆五个数字都一模一样的。我好像，有些想笑。

那么，这么好的机会怎么可以硬生生让它跑掉，便守着那辆车子，待到天色发暗，街灯都忍不住亮了，车主才将那辆车子开出了我的视线。

然后我回家，洗漱，上床睡觉。只是，像你不知道我都干了些什么一样，我也不知道我都干了些什么。但心情超好。

我想，类似的，小小的匪夷所思，谁都需要。

52. 渐行渐远的安然——礼物

后来，我能想到最好的礼物，就只有亮着灯的窗口了。

2006 年的 2 月，去北京出差的同时我也患上了疑心病。其实并非我的抵抗力差，也并非我所疑心的那个男人有什么具体问题。只是，像垃圾袋一样漫天翻飞的婚外恋和一夜情像某种暗示，又像极了某种病毒一样浸染了我。

15 号的归期，我却提前一天订了 14 日的机票。情人节，如果有故事，就必须得发生。

我像小说里的女人一样，没有给这个故事里的男主角打电话通知，我亦像小说里的女人一样，把自己穿戴严实，估摸好时间，像个高级侦探一样向自己家摸去。我在离家还有一站路的时候下了车，我挨着墙用脚尖走路。我把那个男人想象成嗅觉最灵敏的动物，我不能打草惊蛇。

我甚至想好了，我出电梯的时候应该脱掉鞋子，我用钥匙开门的时候应该尽量小心不弄出声响，我朝卧室走去的时候应该慢慢加快速度，我捉奸在床的时候应该很冷静很不屑地抬头微笑……我想了很多很多，可这些最终都没用上。因为走到小区围墙外的时候，我放弃了这次行动。

我从小区围墙的上方看到了自家窗口亮着的灯，灯光将橙黄色的窗帘衬得更柔和了一些，方方正正，规规矩矩，那个橙黄色有灯光的窗口摆放在那么大一堵青灰色的墙上，像极了一个没有拆封的礼盒。

我站在楼下，给我的男主角打电话，我听到他说话的同时，还将电视里球赛的声音放低了一些。他调侃地说：“亲爱的，今天是情人节，你不回来，我只好约了别的美女，顺便告诉你一声，我也忘了给你准备礼物。”

我说：“其实你给我准备了，你早些睡吧。”他不明白，孩子似的急了，又近乎憨傻地告诉我，他真的忘了准备，他只惦记着球赛了，不过，他明天会补上的。我跟他道了晚安，便匆匆地挂上了电话。

我开始离开小区门口，这次更像一个贼。

我没有找到可以入住的宾馆，所有的房间都被别人包下了，我在离家不远的影院里待了一个晚上，我没有看通宵循环的电影，也没有睡着，我在想着，如何还这个男人一个更好的礼物。后来，我能想到最好的礼物，就只有亮着灯的窗口了。

53. 渐行渐远的果决——舍，不得

舍不得。舍，不得，也是缘分。好在我得到了另外一些东西，像丈夫宽阔的肩膀，像孩子微笑的脸。

二十二楼的落地窗户外，是西安初冬阴暗的傍晚，灰秃秃的城墙看得人满目冰凉。我把屋里的空调打开，温度定在二十度，我知道这是春天的温度，可是，我还是冷。

在此之前的一小会儿时间里，曾经心仪的男人打电话跟我说，他说自己去西藏，可能再不回来。虽然没有称呼，没有说再见，可我知道这一个告别的电话对于他向来不受约束的灵魂来说，是个例

外。我是应该珍重这一句话的，可它能带给我的，只有长长短短的忧伤。

其实也不过就是心仪，偶尔相处，然后，分离。很小的故事，没有情节，却同样具备让人心伤的功能。

他是个四处浪迹的画匠。

还记得和他在七月的阳光里一段不长的对话。他说："我很怕一个女人会爱上我，这样，我只会令她忧伤。"我说："如果你拒绝一个女人的爱意，她也许会更忧伤，你会怎样？"

然后便是手牵手的沉默，没有后话，没有谁提以后要怎样。我有家，有孩子，有性情温和的丈夫，他有他的理想。我们却偏偏遇到，也只能在闲暇的时间里相互牵挂，在偶尔的相处里尽情微笑。谁都知道不会久长。但谁都不会去想，结束的那一刻，会怎样。

像我当初与他牵手微笑的时候，绝不会想到这个傍晚，我会呆在一扇玻璃窗户前浅浅忧伤一样。像我不知道他因为什么原因而突然决定去西藏，他在西藏会遇到什么样的人，什么模样的姑娘一样。而他，正在去往那个地方的列车上，此刻，他又会是什么样的表情呢？

于是想呀，想呀，就那么在窗前，像尊塑像。直到夜色脱去傍晚这件衣裳，还是忍住了没有发短信，没有打电话给他。虽然我知道，过了今天，我沿着这个号码就再也找不到我要找的人了，可我更知道，我要发的短信还是不能发，我要打的电话还是不能拨。

于是，就这样傻傻坐着，直到感觉到黑暗里自己湿掉的脸庞，才终于想到这三个字——舍不得。舍，不得，也是缘分。好在我得到了另外一些东西，像丈夫宽阔的肩膀，像孩子微笑的脸。

54. 渐行渐远的律动——七分，一生的距离

像我再怎么心有不甘，也只能在某个深夜里，偶尔想念。

夜很深了，睡不着，直到把喜欢的卫视节目看到实在没什么好播的了，开始一遍一遍地播广告。是甜腻腻的女声不停地重复说着，发送男姓名 A 女姓名 B 到某个号码，便可以预知两人情缘。当然，这是画外音，电视屏幕上还有动态画面，一男一女两个卡通小人儿，很幸福的样子，画面边缘便一次次显示那些有名人物的名字，然后会得到一个不错的分数。

这样的广告太多，不是没看过，不过真的没有在这样深的夜里，一个人看过。

于是，先是颇多感触，然后便拿起手机，发送了两个姓名到那个指定的号码，当然，有一个是我的。不一会儿，系统便回复了一个不错的分数，93 分。

笑笑，没舍得删掉那条回复过来的短信。

其实，我做这一切都没有丝毫意义。

离开的是他，而我一直等在原地，这一生已经没有可能再在一起，那么，这么好的分数是算做安慰，还是证据？

而其实，这个问题也是那么没有丝毫意义。很长时间了，我一直心无波澜，时间那么快，都过去了。我自以为呵护很好的心再不会因他而有丝毫涟漪，却还是在这么深的夜里，想起那么熟悉的一个名字，然后向一组别人编好的程序，要一个不能算做答案的答案。

又能怎么样呢？

如果是小学时期的考卷，拿到这个分数，或许会被父母赞扬，也可能会被老师夸奖。而如今，二十七岁的深夜里，得到这样一个不具任何意义又似乎意义万千的分数，我不能拿给别人看，怕被笑做痴傻。当然，也不能拿给他看，因为他把离开的堤坝筑得很高，从不曾留给过我一丝缺口。即使93分又能怎样？那少掉的7分，便是一生的距离。

也许系统是对的，回忆那么贵，它给出的价码也不低，但再怎么优秀的苦劳过程，没了最终的功劳结局，一切，便都没有了意义。

像我再怎么心有不甘，也只能在某个深夜里，偶尔想念。

55. 渐行渐远的勇敢——当日子只剩一句对白

在很多的爱情里，天长地久是种奇迹，一无所有是种解脱。前者要有幸，后者要有种。

本来是个可以让心情很好的早晨，他打电话来，问："你还好吗？"照旧，例行公事。

我说我还好，便没了下文。这一次我有意没有接着问一句："你呢？"我知道这是潜意识在作祟，往常，我若说完我很好，再接问一句，他定会说他也很好。接下来，就该我无言以对了。总是这样。像是一个阴谋一定要把我套牢，凭什么我就要是最先说不出话来的那一个？我偏不。

我没有问他的近况，他似乎有些意外，但我知道这只是对一种习惯的意外，而不是对一份情感的意外。他匆匆忙忙地说：“你好就好，我便放心了。”

挂掉电话，整个人呆在窗前，有种不知所措的感觉。窗外的早晨是个很优秀的早晨，鸟儿飞过来，撞掉了一片树叶，风吹过来，树摇了摇头，很大度的模样。

而渐渐地，这些都在眼里模糊不清，才发现，不知道什么时候已经泪流满面。不过徒劳无功罢了，我与他，那么多，那么多的从前，遍寻不见；那么多那么多的言语，只剩了一句对白。

我们从一对情侣变成了一对只有一句对白的两个人，这种关系，我不知该用什么样的词语去定义。但是，我们彼此却为何如履薄冰地去维系这份不好形容的关系，为了面子？还是为了回忆？没有答案，因为从不曾提问。真正的答案是心里的鬼怪，面容多变，我看不清谜底，却看得清谜面。

很多次想过，下一个电话再来的时候，如若还是同样的对白，便对这份情感，对这个人隐形匿迹，却最终没有勇气。也有过诸多的猜测，谁会是能快意恩仇的那一个，他或者我。只有两个答案，我却不好抉择。

在很多的爱情里，天长地久是种奇迹，一无所有是种解脱。前者要有幸，后者要有种。而我们在夹层里。或许，他与我一般孤立无援吧，或者他也会问自己一些与我同样的问题——当日子只剩一句对白，旧爱还在不在？我们要拿什么天长地久？又拿什么一无所有？

56. 渐行渐远的信心——宠爱与伤害

当宠爱被我和男人们炒到天价的时候，伤害也就价值连城了。我不是城，也不爱亏空。于是，我开始承认，自己是个逃兵。

整个十二月，表姐一直在打电话批斗我，她一口咬定我有性格障碍，这才使得一个一个男人都从我身边溜走了。

她的电话来得越多，我越不觉得我有什么错。这让学心理学的她多少有些失望，说我顽固不化，而且自作主张地要把我当个课题去研究。

其实我挺简单的，无论从骨骼组织还是思维构造，我都和正常人没有多大区别，要说有什么天地不容的差别，那就是，我比别的女人更需要爱，更需要真爱。其实十三岁时就听别人说过，爱情不能当饭吃的。只是，我从来没有想过要把爱情当饭去吃，爱情是爱情，饭是饭。我只是想把爱情当爱情去养活，像我养的花草，或狗或鱼。我只是希望它们存活的时间长一些，更长一些，可是爱情从来短命。更要命的是，现在竟然还有人把它归结成我的错。

我真的错了吗？我问墙，问灯，问天花板，问我遇到的陌生人，他们统统沉默。

我想，我是找不到答案了。可是，当我的生活被另一个男人接管的时候，我开始意识到我确实是错了，但我并不认为这是什么心理障碍。

我向这个男人索要很多宠爱，我要他把我以前遇到的男人的好先加起来，再加倍给我。他爱我，便没有异议，拼命地做，我却没有任何感激。我能看到的，只有他的不足，而他的好，他给了来，我却不敢收留。因为有一天，他要加倍要回去的。我不是银行，奉还不了利息。我的老本已经赔光了，而这种东西是从别人那里借不来的。

也动过义无反顾的念头，可这一次，还是决定退缩。给过我宠爱的人都很大方，他们习惯搞买一赠一的活动，把爱情给我的同时，也把伤害隐含着打了包赠过来。

我感觉这很像是一种拍卖，往往，我被一个男人宠坏了，便向下一个索要更多，而伤害和宠爱是同幅度增长的。当宠爱被我和男人们炒到天价的时候，伤害也就价值连城了。我不是城，也不爱亏空。于是，我开始承认，自己是个逃兵。

57. 渐行渐远的年代——杯上爱情

不懂也罢，不懂就可以不悲伤，就可以不做美好的梦，就可以不把美好的梦想放在易碎的玻璃杯里了，当然也就遇不上可以放到很陈旧的爱情。

我每周有两个晚上要给别人上钢琴课，其余的时间自由撰稿。日子过得不是很累，空闲的时间我喜欢一个人捧了晶莹的玻璃杯在空旷的阳台上痴想我能够遭遇一段美丽的爱情。不是没吃过爱情的亏，只是那个梦却一直倔犟地做着。我想，我要遭遇的爱情应该如我玻璃杯中的绿茶一样的澄澈透亮，不染纤尘。然而现实中的爱情却更像是我手上的玻璃水杯，是极其易碎的。

我是一个又穷又痴的女子，喜欢把爱情当做过山车去坐的那种人，而每次兴奋激动全情付出的结果只有四个字——虚惊一场。不是我不想坐过山车，只是一直没能遇上一个很好的对手。因而爱情就成了装在玻璃杯子里的一个梦，很美，但易碎。

很多个时候，我特别羡慕父母那一代人的爱情，他们的爱情是极其耐磨的瓷，像我家壁柜里久久未动用的那只大瓷杯子，墨绿的外衣，白色的里子，用过好多年了，漆皮掉了许多，杯子里外也磕出了许多大大小小黑色的疤，但是隔了二十几年的光阴再看过来，杯子虽然旧了点，但依然结实耐用。

用母亲的话说，大瓷杯虽然不比我的玻璃杯漂亮时尚，但是却很实用的，不但可以泡茶盛水，还可以热牛奶，煮挂面条儿呢。是呀，瓷杯虽然笨重陈旧了许多，但是却让人感觉牢固，不可侵犯。像父母的爱情，几十年如一日，平淡却又不失真情意。但是，父母的大瓷杯唯一不足的就是，隔着杯子的人永远不会看到那杯里的内容。而我却能透过我的玻璃杯看到我的清茶绿水。

叶叶也用杯子喝水或者饮料，而叶叶用那种一次性的纸杯。叶叶是跟我学钢琴的学生，家境不错，悟性不好。叶叶总是在我教琴的时候端着手里的纸杯大口地喝橙汁或者可乐，然后滔滔不绝地告诉我她又喜欢上了另外的男生。叶叶才只有 16 岁，而叶叶的男朋友却像她手里的纸杯一样频繁地更换。我用看一个孩子的眼神看她，满眼里的幼稚和单纯。也许这个傻姑娘根本还不懂得什么是爱情。

不懂也罢，不懂就可以不悲伤，就可以不做美好的梦，就可以不把美好的梦想放在易碎的玻璃杯里了，当然也就遇不上可以放到很陈旧的爱情。

58. 渐行渐远的永恒——爱情目录，命运字典

而我命运的字典，又不知道在谁手里，像我不知道我得用多长时间，才能在人群里翻寻见一个与他有着相似轮廓，相似微笑，相似怀抱的男人一样。

图书馆里人不是很多，可后来进来的两个孩子还是坐在了我旁边，许是因为这边的座位都靠着窗户光线很好的缘故。孩子们很年轻、很快乐、很淘气地悄声叽叽喳喳。

我努力地将注意力往书本里牵，可它不听我的，硬生生跑去偷听两个孩子的对话。

他们一个说："这篇文章在这本书里哪一页呀?"

另一个说："你看目录不就知道了吗?"

不一会儿，找文章的那个又问："这个字怎么读呀，我怎么不认识?"

另一个说："你好烦呀，找本新华字典去查嘛，真笨。"

我合上书，将头扭向窗外，眼泪开始把脸弄得很湿。孩子似乎听到了我极力压抑的抽泣声，轻轻地离了位置，我身旁开始空寂。

来图书馆不是因为我想看书，也不是因为我要查阅一些资料，我来这里，只是因为我不知道要用什么事情去填充我空白的生活。因为他走了。

我这样说，只是为了简洁明了，其实事实是，他没有走，他还住在原来的地方，还用着原来的手机，还开着原来的车，只是我们的故事完结了。他带着他的爱情从我的世界里逃跑，我们的过往成

了一部编不进目录的手稿，纵然记忆再怎么丰富，往后的岁月里也很难再翻寻见只与他才能有的甜蜜。

其实，我是很想将那段往事编入记忆的目录，可是回头看时，它那样零碎不堪，杂乱无章。它们像碎玻璃，像游魂，像风或者空气，充斥记忆的空隙，纷繁得不成样子。而我回天无力，很难将它们规划好，放在我想找的时候就能找到的地方。而我又那样清楚，往后岁月，我需要太多类似的幸福，可他不给。

而我命运的字典，又不知道在谁手里，像我不知道我得用多长时间，才能在人群里翻寻见一个与他有着相似轮廓，相似微笑，相似怀抱的男人一样。

59. 渐行渐远的光阴——账单封嘴也是好的

当初说得那样好听，后来说不见就不见了，现在回来又要说什么，原因？借口？我都不能要，也不需要了，我现在夫妻恩爱，粮油无缺，要他说什么，做什么？

那天明明说请客，大餐，卡狄娜，想吃什么随便点。

我到场，吓得差点晕厥。

除了平时要好的几个姐们儿，还有其他一干不认识的人，一个个狼吞虎咽的吃相。

这可是卡狄娜呀，全城最有名的西餐厅，贵得那不是一般可怕，明明为啥？

我说：“你头婚结了三年，订婚结婚似乎不太有可能；升职也没听咱领导说；你儿子中了榜眼似乎也还早着呢；给儿子定了娃娃亲，没见亲家，再说这好像也挺违反婚姻法的。”

重要的是，这会儿离饭点还差一个多小时呢！

明明坏笑着，说：“有大餐您就吃着，一会儿你就知道为什么了。”

还卖关子，那她且卖着，我且吃着，毕竟这样的机会不多。

两大桌人胡吃海喝，荤素段子一个接着一个。乐得那叫个前俯后仰。

后来大家都基本酒足饭饱了，某西装男很优雅地进屋，一身奢华装束，真是艳惊四座。他那身行头，没个数万元是弄不来的，仅那块表和夹包，也四五万了，咱没用过奢侈品，但至少是在淘宝上查过价格的。

呆怔，不明就里的呆怔。

正欲问个究竟，只见明明俏笑着起立，叫男子到身边，跟大伙儿介绍说：“这位×××，我初恋男朋友，当时不知道啥原因就走了，这不十来年了，一回来就要请我吃饭，我听说他发得挺可以的，就把大伙都弄来了，大家别客气，该吃吃该喝喝，今天他买单，诸位没带家属的，一会儿前台有好酒想拿拿两瓶，全算我们账上……”

男人显见被差点雷瘫，可面对两桌数十号人马，不得不装出稳如泰山的随和，说：“没错没错，大家尽兴，今儿我全包了。”

场面是挺热闹的，但气氛总是尴尬了些，更重要的是，大伙儿都吃饱了，开始有人零零散散地告辞，我也想走，明明一直在给我使眼色，不得已，留到最后。明明很歉意地跟那奢侈男解释说，答应带我去找一个她认识的老中医看病的，再不去排不上号了，要不他先慢慢吃着，我们就先走了。

这不是损人是什么，包厢里就他一个了，说吃饭是假，服务员随后送来的巨额账单才是真的。再说，什么借口不好，非要说我有病。

出门，我骂明明："你才有病。"

明明说："四肢健全头脑发达无病无灾一身喜乐。"

不过，她轻松洒脱的样子倒是挺快乐的。

我向餐厅里呶呶嘴，说："说说？"

明明说："陈年旧事了，当初说得那样好听，后来说不见就不见了，现在回来又要说什么，原因？借口？我都不能要，也不需要了，我现在夫妻恩爱，粮油无缺，要他说什么，做什么？"

后来一路沉默，明明突然问，今天这餐饭吃过，他有什么都不会说了吧，不管真的假的。我说可能吧。我们就笑了。

60. 渐行渐远的稚趣——有多少流氓还没回来

想想，是遗憾的，也怨那时的年少，如若稍稍携些风情，也定不会用那样的言语。或许，会像影视剧里风尘味极重的女人那样，抛一句讨厌罢了。

从街口路过，看很小的男孩趴在很小的女孩耳朵上刚想说什么，女孩便嗲声嗲气地拂一下耳朵，笑着跑开了，边跑还边稚气地笑骂道："流氓。"

笑笑，转身走开。却不由想起自己的年少，那个同我一般年幼的男生。

许是早熟吧，记得很小的时候，便懂了喜欢和不喜欢。其实，是喜欢那个男生的，因为他总是穿很干净的小西装。她妈妈做的，干净，精巧。况且，他总是会拿仅有的五分钱，等到冰棍箱子里的冰棍快化了减价卖的时候，买两只，分我一只。

我吃过他很多冰棍，也很喜欢他。但稍大一些的某一日，课间，坐后排的他突然将一块橡皮从我毛衣领子里丢了进去，这个动作，被近旁的很多人看到，于是恼羞成怒地骂了句流氓，其实是无意识，也无意义的，但那个男生却就此再不与我来往。

直到后来，上了初中，上了高中，一直是喜欢他的，却不敢近前半步。

那时候，跟我同样的女生，也总是会时不时地抛给某个男生这样一个头衔，我不知道她们是否也喜欢被她们骂的那些男生。但肯定是有极大一部分“流氓”无声地淡出了我们的生活，而再都不回来。

想想，是遗憾的，也怨那时的年少，如若稍稍携些风情，也定不会用那样的言语。或许，会像影视剧里风尘味极重的女人那样，抛一句讨厌罢了。不拒不受，不亲不疏，含意模糊，任对方怎么理解都行。可偏偏那时候那样小呀，不懂得风情。也于是，很多明明自己喜欢着的流氓，却被自己逐出了生命，再都不回来。

第三章 流年

流年：你是被谁派来爱我的？我又是谁派来爱你的呢？我在你一侧，我如此喜悦。一直这么，很幸福地觉得，我们是能打开同一扇门的钥匙，是同一个餐桌上，永远码放在一起的餐具，我们是同一棵树上的叶子，是一起飘下来的雪……总之，是有那么一个人，安排着，指使着，然后用一根叫血脉的道具，将我们紧紧联系。于是你笑的时候，我便扯起了嘴角，你伤心，我的泪便一再掉落，如此一生，不分，不散，不离，不弃……

61. 渐行渐远的深情——车票

更多的时候，我有一些轻微的懊恼，我觉得生命本身也像极了一辆列车，除了母亲，我们都只有一张车票。她可以把我们带来，而自己却总是提前下车。

龙桥的冻虾很好吃，我每次总要赶三五里地的路去那里，卖冻虾的是个老太太，和母亲一般年纪。

每次去，吃冻虾要五分钟，我再用十五分钟和她聊天，聊天气、食物或者其他。很长的一段时间，这成了一种习惯。

后来，有一次再去的时候，卖冻虾的老太太不在了，摊主换成了一个中年女人，问及老太太去了哪里，她一边面目平静地调着冻虾，一边冷静地说，前不久去世了。

那天的冻虾不好吃，因为换了主人。

我再没有去过那个摊点，却总是会想念那个卖冻虾的老人。

这样说，是有些冠冕堂皇的，其实，我最最想念的那个人，是我的母亲。母亲会做冻虾，而且很好吃，只是后来她再无法做给我吃了，再后来，便喜欢上了老太太的冻虾。只是因为，她和母亲年龄相仿，但其实，她们长得并不相像。

不再去吃冻虾的我，又开始习惯了另一种习惯——沿铁轨行走。往往是逆着车行方向的。这种感觉很好，尤其是当一辆列车从你身边经过的时候，你会误以为，你又回到好多地方。

也不过，只是错觉。

更多的时候，我有一些轻微的懊恼，我觉得生命本身也像极了一辆列车，除了母亲，我们都只有一张车票。她可以把我们带来，而自己却总是提前下车。我有幸作为女人，某一日，我也会有多出来的一张车票的，可是，我却无法将我的母亲带回来，亦无法将与母亲年纪相仿的摊主老太太带回来，聊解思念。多不公平。

62. 渐行渐远的温度——暖和

是的，我也闹不明白，就在昨天之前，我怎么能把三四个月的时间都泡在这桩官司里，我打着维护名誉的旗号做着钱财的奴隶？处心积虑，累人累己。

花很小，粉色的，开在墙脚。是孩子先发现的，她第一个跑过去，蹲在花旁边嘻嘻地笑，仿佛发现了同类那般，眼神友好。然后，她伸出手，摸了摸花，又笑着说："姐姐，给我和它合张影吧。"

孩子是老师的孩子，女孩，五岁。我曾经也像她那么小。

夜里，在自己的电脑上打开那张照片，只可惜那朵花照在照片上仅剩了一个粉色的小圆点，我问身边的人在照片上看到了什么，他说孩子，我说还有什么，他说草，他说还有墙脚。我笑笑，将那张照片做了电脑的桌面。孩子笑得很好，很暖和。

看看，我们大了，我们大了就笨了。笨到只能看到大的东西，却看不到小的。笨到只能看到别人脸上的笑，却看不到令她欢笑的原因。也许是因为那个原因太小了，太小了就不容易被大人看到。

临睡前，姓徐的律师打电话给我，说那桩我作为起诉方的侵权官司有了新的进展，让我明天早上尽早赶到他所在的律师事务所。

我说谢谢，知道了。

第二天起了个大早，收拾完毕往口袋里装了三块钱就出门了。坐一块钱的公交去城东广场，其余的两块钱，一块用来坐返程的车，另一块钱准备吃豆腐脑，便宜、暖和。

刚上公交车，便有好心人打来电话说："亲爱的，你又把钱包落在家里了。"我说："那就让它在家先待着吧。"

广场上人很多，像昨天一样，我找到那个墙脚，花还在。我在花旁边的石头上坐下，看很多的人放五颜六色的风筝。阳光很暖和，那些风筝和人看上去都很快乐，我手心痒痒，去问了风筝的价格，最便宜的也要两块钱，于是咬咬牙，把准备回家和吃早点的钱买了风筝。那一刻我特别清醒，我跟自己说呀，我说我有了一样东西就不能有另一样东西，我学会了选择自己最想要的。

整个上午，兜里的手机一直在唱歌，是徐律师打来的，我想他能告诉我的也无非是那场官司好的进展会让我获赔更多的钱。

临近中午的时候，我徒步回家，接起徐律师的电话说，我用三块钱玩了一早上。我说外面的风很轻，阳光很暖和，我说城东广场的人很多，我说风筝们很快乐。徐律师呆了半天，然后挂了电话。他肯定有些闹不明白。是的，我也闹不明白，就在昨天之前，我怎么能把三四个月的时间都泡在这桩官司里，我打着维护名誉的旗号做着钱财的奴隶？处心积虑，累人累己。

进门，电脑开着，桌面上的孩子还在开心地笑呢，我在她对面坐下，开始觉得生活像一场记忆，变得越来越丰富，越来越暖和。

63. 渐行渐远的细腻——旧时间

原来，我如母亲一般，贪恋的并非旧物，而是旧物上的那些旧时间，和那些旧时间里的旧记忆罢了。

年轻时不懂，妈为什么总是喜欢存着那些旧物，舍不得丢弃。

搬了两次家，装修了两次房子，但都因为妈固执地留下那些旧东西，而影响了整体布局。掌上明珠似的原木衣柜里塞的，也全都是些陈年的旧衣物。

每隔上一段日子，妈便把那些旧物件拿出来，擦擦洗洗，晾晾晒晒。偶尔，她还会自言自语地说起它们的来历。妈知道我们姐妹三个都不愿意听，爸又不在了，所以，她便总是自言自语地说给自己听。

这在当初看来，是个再细微不过的事情。我们甚至会厌烦妈这样的举动。后来就和姐姐密谋，为了换得个清静的空间，趁妈不在的时候，把她的那些旧东西清理出来，能扔的扔，能烧的烧。

我们不敢大张旗鼓地干，只能偷偷摸摸地对妈的那些旧东西进行蚕食，这样妈很少发现，只是隔了很长时间后会念叨一下，某样东西怎么不见了。当然，她也不会去追究，总认为是自己上了年纪放错了地方。

那些旧衣物被我们处理得差不多的时候，我们又开始对母亲的那些旧家具起了贼心思。扔是不敢扔，目标太大，怕妈回来发现了会发脾气。所以便悄悄搬到楼下的储藏室，等她回来后又第一时间投案自首，劝说妈不要再把那些旧玩意儿搬回来。

这样，妈有脾气，也发不出来了。那些旧东西便安安静静地待在储藏室里了，屋子里开始越来越有风格，越来越清净简洁了。可是妈却总有些怅然若失的感觉。那时候我们固执地认为妈是老了，至于其他，我们没有悟到。

后来，两个姐姐分别嫁了，我也有了自己的归宿。没人再干扰妈，她又将那些旧东西一样样搬回家里。

我再回去的时候，开始学着妈的样子，擦拭那些根本毫无用处的破钟表，旧椅子，再无怨言。妈站在我身后，脸上有喜悦的表情，我从镜子里看到了，鼻子发酸。

因为，我出嫁时，从家里带走的除了我的一些日用品和衣物外，还有一双我八岁学舞蹈时穿过的红舞鞋。那双鞋子我只穿了一年便小了，十岁后放弃学舞蹈，便再也没碰过那双鞋子，但我一直收藏着它，也一直记得我小时候曾经想要当个舞蹈家的梦想。

所以，我开始理解母亲，开始理解母亲对那些旧物的贪恋。原来，我如母亲一般，贪恋的并非旧物，而是旧物上的那些旧时间，和那些旧时间里的旧记忆罢了。

64. 渐行渐远的笃定——我也会哭

我不怕，但是我会哭。

姐姐周末有事，把孩子托付给我，是个四岁的小女孩，可爱得没边没沿。我每次见她，都恨不得把身上值钱的东西全塞给她，只怨天生我太过疏懒，姐姐便很少给我与孩子独处的机会。

终于有幸荣得这样一次机会，自是可着劲儿地讨好小家伙，先是带她去吃了肯德基，然后又去逛街。终于累了，回到家时，还不死心，想再逗她玩玩，知道她从来不敢一个人在家，便撒谎说有东西落在楼下，要回去拿。

小家伙一脸不屑地笑，用跟她妈一样的口气说："你这个马大哈，总是丢三落四的。"

我拍拍她的小脸说："好了，我下楼了。"我相信我的表演很成功，因为孩子脸上开始有焦虑的表情。她似乎想了再想，应道："好的，你去吧。"

我佯装去开门，追问了一句："你一个人在家怕不怕?"

她摇摇头，大声说："不怕。"

我拉开门，又重申了一句："你不怕我可要走了哟!"

她说："你走吧，我不怕。"

我怀疑是不是几日不见，她长了胆识，却不想刚要继续追究，她却嘟起嘴，很不高兴地说："我不怕，但是我会哭。"她很骄傲，她的表情笃定，坚信我听到这句，便不会再离开。是的，眼泪是孩子最有力的武器，谁会舍得丢下一个会哭的孩子呢?

本来只是想开一个玩笑的，我却没想到我那么猝不及防地掉了眼泪。有时候，有些感觉来得真就那么突然，让人无从抵挡。

她说："小姨，你怎么先哭了?"

我说："你看，我也会哭，可是离开的人都能忍心不回来。"她听不明白，就呵呵地笑，用小指头擦我脸上的泪。

我看着眼前那么小的孩子，想象不出，当很多年过去以后，很多人离开她以后，她听到心爱的孩子说："我不怕，但我会哭"以后，她是否会像我一样猝不及防地掉眼泪?会不会说"我也会哭，可离开的人都能忍心不回来"。

65. 渐行渐远的光阴——梳子

泪水沿着脸颊落在母亲的手背上，她没有回头，她说："你哭了。"我说："是的，妈，我没想到买一把梳子要这么长时间。"

在乌镇遇到卖桃木梳子的老艺人，竟迟迟挪不开步来。选了一块最不起眼的桃木交给他，数十分钟，一把笨笨的桃子梳子便做成了。

交钱，拿了梳子，欣喜得像个孩子。

五岁那年，弄坏了母亲的一把梳子，母亲好像很伤心，我不知道梳子上有没有故事，但是我发誓等我有了钱，一定先买一把顶漂亮的梳子给母亲。虽然母亲在我弄坏梳子的第二天就买了一把新的，可是我一直记得要买一把梳子给母亲的，这是个时而被我记起，时而被我忘记的心愿，它太小了。

后来真的有了钱，买给母亲的东西全都比梳子更贵重。只是偶尔会想起，五岁那年，我想过一定要买一把梳子给母亲的。如此这般地想起再忘记，忘记再想起，不觉间，二十三年的时间，像群调皮的孩子，跳跃了过去。

二十三年后，我终于完成了这个心愿，可母亲不在身边。一周的假期开始莫名地显得漫长，终于盼到了归期，揣着那把梳子，像揣着一块宝一样地回家。

傍晚，阳光从窗户上斜斜地洒进来，金黄的颜色落在母亲花白的头发上，我把梳子递给她，她用不再年轻的手接过梳子，开始梳理自己花白的头发，我在她身后，鼻子有些酸。

我想要买一把梳子给母亲的时候，她的头发还是黑的，现在几乎全白了；我想要买梳子给母亲的时候，我五岁，现在我二十八岁了；我想要买梳子给母亲的时候，她还年轻，现在，她不再年轻了。

泪水沿着脸颊落在母亲的手背上，她没有回头，她说："你哭了。"我说："是的，妈，我没想到买一把梳子要这么长时间。"

66. 渐行渐远的坚韧——请一定不要被打倒

我开始疯狂地祝愿我，祝愿你们，请一定不要被打倒在幸福开始的地方。即便我们有幸能将丢了的东西找回来，可那时，我们不是青丝斑白，就是腰身佝偻，像妈一样。

爸妈在我很小的时候就离婚了，一直不知道原因。

后来我跟了妈一起生活，霸占了她好多年，二分之一的爱，我不想再被人剥夺去一半。妈很配合，很多年后才知道，做到这一切，需要多少勇气，却仅仅因为她疼爱我。

当我开始知道在夜里想念一个怀抱的那种滋味时，我才知道这些年，妈有多不容易。托了亲戚朋友给妈介绍老伴，起初的时候，她拒绝，后来耐不住我的死磨硬缠，她开始接受我的安排，却总是乐呵呵地去，然后垂头丧气地回来。

不满意，她总是不满意。

而我起初的急切，也渐渐生成一种埋怨，这么老了，就不能降低一下标准，凑合一下吗？想是这么想，但从来没敢说出口。

直到给妈介绍对象的人渐渐少了下去的时候，我才突然醒悟过来，问她是不是还惦记着爸爸。

我问得太过仓促，她明显没有过多的心理准备，便硬生生在我面前红了眼圈，像个无助的孩子。

虽然，她没有说是，也没有说不是，但我心里有了底。开始托亲戚打听父亲的情况，这时候才知道，我九岁那年再婚的爸爸，在我十岁那年又离了婚，之后，一直单身。而这些年，因为对母亲的保护，我和父亲，几乎没有什么联系。

这对我来说，是个十分感伤，又特别兴奋的好消息。

之后半年，我把一大半的精力都用在撮合父母的事上，他们没让我失望。在宴席的前一天晚上，妈兴奋得睡不着，我也同样，便不由自主地问了她一直久藏于心底的问题：当初，为什么要和爸爸离婚？

妈说因为一件毛衣。妈说那会儿她的工作还没有定下来，每月的生活全指望爸三十七元钱的工资，她省了再省，还是忍不住花五元钱买了最时兴的一种腈纶线，给我织了件很漂亮的小毛衣。可是第一次清洗的时候，爸不知道，用热水烫了烫，结果烫得缩成一团，再不能穿。

就因为那件事，妈和爸争吵，爸平生第一次动手打了妈。然后，他们就分了手。

妈的原因很冷，我用被子尽量将自己包裹严实，却还是禁不住扭过头掉了眼泪。我开始疯狂地祝愿我，祝愿你们，请一定不要被打倒在幸福开始的地方。即便我们有幸能将丢了的东西找回来，可那时，我们不是青丝斑白，就是腰身佝偻，像妈一样。

67. 渐行渐远的初衷
——我想过要买好多东西给她

事实是，我能自立以后确实买过好多东西给她，而那些东西是不是她最需要的，我从来不去考虑，我买那些东西送给她，其实唯一的目的只是为了慰藉自己。

周末傍晚，带小儿去一个同事家玩，车子经过闹市区，街道两旁林立的餐厅、酒吧、影城及歌厅灯火通明。儿子两岁多，他去过最繁华的地方就是家附近的大型超市了，一般是晚上去，也是灯火辉煌的景象。

许是相似的景象让儿子想起了什么，他用他学来的，还不完整，而且非常含糊的语言跟我说："妈妈，我们是不是要去超市呀？"我说："不是，我们去一个阿姨家玩。"孩子有些不开心，嘟着嘴带着哭腔说："我想去超市。"

儿子最喜欢的地方就是超市的玩具专区，闲来无事，便逗他玩，说："你想去超市买什么呀？"

他说，"买牙"。我以为自己没有听清楚，又问了一遍。他还说，"买牙"。他说他要给姥姥买一颗牙。

我不再说话，司机却笑了。

二十几年的时光，缩成了一堵玻璃墙，很小很小的我就站在墙那边，墙那边的我每天都会想着以后长大了要给妈妈买什么东西，发夹，花裙子，玩偶熊，吃不完的糖果，新的自行车，羽绒服……

甚至还想过要买一套很大的房子给她住。

那时候，我想要买这些东西给她的时候，我唯一的目的就是想让她过得好一些，开心一些。

事实是，我能自立以后确实买过好多东西给她，而那些东西是不是她最需要的，我从来不去考虑，我买那些东西送给她，其实唯一的目的只是为了慰藉自己。

她老了，她的头发和牙齿开始向岁月投降，我没有想到，她亦不会知道，两岁的孩子会惦记着买颗牙给她补上。即便全当做没有目的没有意识，也是一番好心意，而我又有多少时间，又能为她做些什么呢？

68. 渐行渐远的本真——听从

从拿到驾照的那天起，再没有碰过车。如果我这样说，你认为我卖弄，或者很难理解，那么我给你我的借口——爱是我唯一的逻辑。

那天好友换了新车，带我去郊外兜风，路况良好的时候，他说："你要不要也体验一下？"

我摇头，说不会。他呵呵笑着说："怎么学会撒谎了？"这时我才想起，当初考驾照的事我曾经告诉过他。看来撒谎很难，便只好坦白从宽，说我妈不让开车。

他说："那你考驾照干吗？"

我说："驾照是单位组织让考的，车是我妈不让开的，我爱我妈。"

好友笑笑，继续开车，窗外风景不错，我们却就此沉默下来。

其实，我也并非那种典型的乖乖女，我固执、独断，而且喜欢一意孤行。从小到大，我很少事情会听从母亲的意见，但是在开车这件事上，我依了她。

记得很小的时候，她若命我早些回家，我定会玩到天黑了才肯回去；她若让我做完作业再玩，我定会先玩了再赶作业；考大学的时候，她让我报师范类专业，我却选择了计算机；谈恋爱的时候，我喜欢的男孩她说脾气不好，我却爱得如醉如痴。总之，很多事情，我没有合她的意。她会不高兴，也会发脾气，但都是瞬间的事情，更长的时间里，她用平和用耐心爱我，一心一意。

也因此，让我误以为，违反母亲的心意，并不会有多么严重的结局。

可是，当我告诉她单位组织报名集体考驾照的消息时，她的脸色难看到极点。她说不许考。我说都报完名了呀。她说报了也不许。我说是单位报的。她说谁报的都不行。

我学车的激情被打消了下去，好心情便也没了影踪。吊了一整天的脸，下午要回单位的时候还执拗地不肯和母亲和好。她却跟着送到门口，感觉到她忍了好几次，但还是说了这样一句话，她说："现在有教练带你，你就听教练的，慢点儿开。等拿到驾照咱就不碰车了，那会儿没教练了，妈也不放心，隔壁……"

妈没有将后半句话说下去，我却无比清晰地知道她想要说什么，隔壁的孩子是个司机，刚出了车祸，一家人痛苦不堪。我开始前所未有地懊悔，懊悔自己不该跟母亲耍孩子脾气，于是转过身来，抱抱她说："你放心吧，拿到驾照后我就再不碰车了。"我说话的态度很像宣誓，但心里明白，也可以把它当谎言，但在这件事上，我却较了真。从拿到驾照的那天起，我再没有碰过车。如果我这样说，你认为我卖弄，或者很难理解，那么我给你我的借口——爱是我唯一的逻辑。

其实，我说的不过是一件平常人家的琐碎事，但我从那一天突然明白了，我得为一个人保护好自己。也因此，学会听从，不顶嘴，不找任何借口。

69. 渐行渐远的天伦
——我不能让你担心的人淋雨

我的生活终于又回复了平静，可是那个我认为她什么也帮不上我的老人离开了，我开始有些不太适应。

我小的时候，父母工作忙，托单身的她照顾我，她细心周到。

她老的时候，她的儿女，不是身体不好，就是事业繁忙。我是她单身的外孙女，有固定的居所，差个伴，她就来了。这时候，她已经八十七岁了，老得让人目不忍睹。

其实，很小的时候，我就想过，将来挣大钱，住大房子，养活她。后来工作动荡，一直未能如愿。现在总算是稳定下来了，她要来，我开始日思夜想。

她终于来了，我鞍前马后，无微不至，但这也只是她初来几天的事情。

但，几天后，我就有些厌烦，但不敢对任何人说，包括我自己都不敢正视这份厌烦。因为我知道，这有大逆不道的嫌疑。

可是，我真的忍受不了她与我不同的作息规律；忍受不了我晚上工作时，她的咳嗽声和梦话；忍受不了我白天休息时她的自言自语和不停的唠叨；忍受不了我和朋友煲电话粥时，她不住地在旁边督促我挂电话，说是费钱；忍受不了她不会开饮水机、天然气、空调什么的，每次用的时候都要大声地叫我过去帮忙。

原本，我以为能陪她度过晚年，想我能够如愿。可事实是，我自由自在且随心所欲的生活被她搅得不像样子。好多次，我耐心尽失，想冲她发火。可是走到她面前时，我便总是忍了再忍。她花白的头发，苍老的身体是最厉害的武器，可以帮她抵挡一切。于是，我总是一次次将狂躁的火气摁灭，然后和声细语地告诉她，什么事情应该怎么做。

我内心的变化她看不到，所以继续我行我素。我也只得，一忍再忍。

有一天，我正在录入一份稿件的时候，她又在厨房大声地叫我去帮她开天然气，她耳朵不好，所以，嗓门总是很高。我再也忍不住火气冲进厨房，刚要告诉她以后不要这么大声吵吵，却看到案板上，她一早起来就包好的水饺。

突然之间，泪水熄灭了所有火气，我开了灶火，用最快的速度离开，不让她看到我哭了。

后来，每想起这件事，我便总是抽空陪她说说话，或者扶她下楼转转。可是这些都无济于事，她开始以更快的速度衰老，舅舅接她回了老家。

我的生活终于又回复了平静，可是那个我认为她什么也帮不上我的老人离开了，我开始有些不太适应。

有一天，一个人在屋子里闷得难受，想下楼走走，出了楼道才发现下雨了，手里没伞。雨并不大，放在平时，我会冒着雨走出去，可那一天，我还是回五楼拿了伞。

因为往常雨天，我出门之前，她定会递一把雨伞到我手上，可是她走了，没人会记得这么琐碎的事情。所以，我得给自己一把伞，才可以不让她担心。

而在此之前，我从来没有想过她会老到让我只能为她做这样的事情。

70. 渐行渐远的惦记——一件很新的旧旗袍

那些年，仿佛总是很忙。间或想起，有些愧疚，便就地买一些远比旗袍贵重的东西找家邮局寄给母亲。母亲收到我的礼物后会适时地打电话过来，电话里，她永远那么开心，只是，她从不追问旗袍的事。

准备离开西安去青岛的时候，收拾东西，在抽屉的最底层翻出了一张微微发黄的纸条，那是七年前，一个裁缝写的，上面歪歪扭扭的几个字，记录着母亲的身材尺寸。

还记得那是个傍晚，夕阳很好，和母亲散步，路过巷口的裁缝店时，便一时兴起，拉着母亲去让裁缝给她量了尺寸。因为之前很久的时候，一直跟母亲夸口说我住的那座城市有一个很有名的裁缝，他做得一手好旗袍，我跟母亲许诺过要做一身旗袍给她的。母亲推让了一下，便很顺从地跟我进了那间小店。

裁缝店的裁缝是个南方人，态度很好，很细心地替母亲量了身材尺寸，又写了纸条给我，还顺口夸我是个孝顺的孩子。母亲听后，脸上有很满足的笑容。

后来，我带着那张纸条回了我当初居住的城市。再后来，我带着那张纸条辗转了好几个城市。而答应要做给母亲的旗袍，却一直没有做出来。那些年，仿佛总是很忙。间或想起，有些愧疚，便就地买一些远比旗袍贵重的东西找家邮局寄给母亲。母亲收到我的礼物后会适时地打电话过来，电话里，她永远那么开心，只是，她从不追问旗袍的事，她问得最多的，便是那句，“你过得好不好”。

但我知道，母亲是想要一身旗袍的。起先，母亲有一件的，那时候，她还不那么老，但那件旗袍穿得久了，有些破损，母亲再怎么喜欢，也不愿穿着破损的旗袍去见人。有一次，她挑了很好的料子找一个裁缝去做，做出来的旗袍那么不像样子，母亲伤心地再不提及此事。是从那时候起，我就想要送母亲一件合身的旗袍的。于是，便有了那张纸条，我一直没舍得把它扔掉，因为我一直惦记着。但惦记只是惦记，七年的时间过去以后，那张纸条依旧没有起到它应有的功效。

我掂着那张纸条，在灯影里呆了很久。第二天，把所有的东西托运后，我回到那个有个很好裁缝的城市，幸好，那个裁缝还在。选了桃红底色，带零星黑色碎花的上好料子，请裁缝按纸条上的尺寸做成了一件很养眼的旗袍。找最近的邮局把它寄给了母亲，包裹里，只字未附。

我想母亲会明白我的用意的，七年的时间让母亲发福不少，她已经穿不上那件旗袍了，但我只有把那件旗袍寄给她后，才好意思再打听她现在的身材尺寸。

做完这件事情，我很轻松地喘了口气，也是傍晚，夕阳正好。

71. 渐行渐远的友爱——下落不明

岁月让许多东西开始下落不明。即便我有挣扎，也只能是徒劳无功。

从二十二楼的落地窗看外面阴着的天，想起数年前，那个瘦弱而完美的女子，牵着我的手，像孩子一样问我："我总是能遇到和他相像的男孩，而他们身边的女孩都比我漂亮，你说，他不爱我是不是因为我不够漂亮呢？"

我没有回答她的问题。那也是个阴天，傍晚。

我不回答她的问题，并不是因为她不够漂亮，而是因为我也不知道，而且我也知道，她不需要答案。有了答案又怎样？不爱的终究不爱，帮着她去剖析因果，也只能让她更清楚事实。而糟糕的事实向来是最需要隐瞒的。

那个秋天，很多阴天，我们常常手挽着手，走很长的路，漫无目的。她也总问我很多孩子气的，近乎弱智的问题。我要么沉默，要么搪塞。后来她的问题渐渐少了下来，我觉得这是个好现象，我也吃过爱情的苦，明白女人不爱到气若游丝是不会放手的。看来，她康复在即，却没想到，后来，她和问题都消失了。至此，下落不明。

那是唯一一个我像爱男人那样去爱过的女友，可是，在后来的数年间，我却很少再回忆起她。好在这一个阴天，让我的记忆起死回生，我又捡起和她相处的那段时日，像拿起了一个束之高阁的笔筒。

抖一抖灰尘，再放上去。

也不知哪一年，哪一天，才会再去触摸，再去记忆。

也许，她也会偶尔地回忆起我，她不会知道我二十二楼的办公间是什么样子，不会知道她想起我的时候我心情如何，不会知道我又爱了谁，谁又爱了我。就像我现在想起她了，却不知她身在何方，过得如何一样。

我们能告诉别人的，大概只能是这样：有一个我喜欢过的女友，至此，下落不明。

岁月让许多东西开始下落不明。即便我有挣扎，也只能是徒劳无功。

72. 渐行渐远的路上——泥娃娃

于是，越看那孩子，越觉得她像个行头很多的旅人。二十多年前，我与她同样，可是，在渐行渐远的路上，我开始变得两手空空。

阳光很毒的天气，突然想出去走走，潮水一样的孤独让我总觉得自己的身体瞬间便会生出许多小虫子，我想让阳光晒晒自己，也希望阳光会给一些恩宠，能把我晒得快乐一点儿。

于是，昏昏沉沉地下楼，昏昏沉沉地穿过树荫很小的路，昏昏沉沉地来到小区门口，不用大脑进行任何意识运动，便晓得是要往左转的，往右去是一条死胡同，我只有往左才可以走出这条很窄的巷子，才可以走到大街上去，走到很多人中间去。尽管我知道，徒劳无功。

可是，我跨出大门的第二只脚，却突然自作主张地替我改变了方向，我朝大门右边很短的死胡同里走过去。因为我听到了一首儿歌，仿佛很快乐的样子，我那么渴望接近快乐，于是，便在那个小店门口停了下来。

只是一个普通的小商店，店主在门外的空地上，摆了几辆电动玩具车，有孩子用小手捏着枚硬币投进投币口，车子便动了起来，随后便又有了好听的歌。

孩子玩得很快乐，她身旁的女人很慈祥地笑着，随后，跟着电动车的音乐一起哼起了那首儿歌。

“泥娃娃，泥娃娃，一个泥娃娃，也有那鼻子也有那嘴巴，嘴巴不说话。

“她是个假娃娃，不是个真娃娃，她没有亲爱的妈妈也没有爸爸。”

我突然下意识地摸了摸自己的脸，其实，是摸了摸自己的嘴巴，我忘了它有多久没有张口说话了，而我亲爱的妈妈爸爸，他们在很遥远的家乡，我的不快乐，从来不让他们知道。

于是，越看那孩子，越觉得她像个行头很多的旅人。二十多年前，我与她同样，可是，在渐行渐远的路上，我开始变得两手空空。

阳光依旧很毒地晒着我，它没有半点儿恩宠，没有把我晒得更快乐一点儿。低头，转身，离开，看到自己的眼泪滴到干净的水泥地上，只是瞬间，便蒸发得无影无踪。我不晓得，是否别人的城市都如此薄情，连一滴眼泪都不肯收留。

73. 渐行渐远的天真——谁忘了那些唱过的歌

身边的小人儿已经挣开手，跟着音响里的节奏，边跳边唱了。从侧面，可以看到夕阳的光将她的脸打得很好看。而她年轻的面容和瞳孔里，是无尽的无知天真和从容欢快。

那天傍晚，姐姐有事，便央我去幼儿园接她家小姑娘。

5 月的天，已经不是很冷了，6 点多，太阳还斜斜地挂在墙角。我赶去的时候，幼儿园刚刚放学，小鱼儿一样的孩子们在院子里欢快地跳着笑着嚷嚷着。好不容易找到了姐姐家的小姑娘，牵着她出门，才留意到音响里一直在放着儿歌。是很稚嫩的童声，一遍一遍地唱着："我有一个美丽的愿望，长大以后能播种太阳……"

其实，最开始听到，是忍不住笑了笑的。还想着，倘若在一群成年人的聚会里，突然就这么唱上一嗓子，搞笑效果不用高估，也会大得惊人。

可后来，还是慢慢地沉寂下来。因为身边的小人儿已经挣开手，跟着音响里的节奏，边跳边唱了。从侧面，可以看到夕阳的光将她的脸打得很好看。而她年轻的面容和瞳孔里，是无尽的无知天真和从容欢快。

其实，我像她那么小的时候，我们像她那么小的时候，又何尝不是如此呢？

只是，那些个年少的岁月，裹挟着一些记忆，藏在了落了尘埃的角落。某一日，拿出来，抖抖，还那么鲜活。只是，歌还是那首歌，人却不是二十年前的人了。

我们多了对现实的感知，多了对命运的胆怯，我们学会分辨什么是真的，什么是假的，我们也知道了，太阳是种不出来的。

所以，我们开始越来越累，越来越穷。我们只对可能性大的事物倾注信心，我们开始不敢做梦，胆怯重重。

但是，我们又是那么需要梦想，我们需要用梦想来慰藉生活的苦累和平淡，但我们一边需要着，一边拒绝着。我们永远头脑清醒。

这样想着，再看身边小小的人儿，突然觉得，在生命或者说在命运面前，孩子们永远要比我们高大、勇敢、坚强许多。因为，他们的单纯占了上风，他们的胆气占了上风，他们的不问结果，占了上风。

而我们，又有多少人，已经忘记了那些支唱过的歌，忘记了被梦想包裹的年月，忘记了我们其实也可以做梦的，即使梦醒了，两手空空。那样，至少我们在梦里时是富足的，至少那些美丽的愿望，能让生命里有光。

74. 渐行渐远的闲暇——等一碗粥熟的时间

明天，街上的人，电梯里的人，格子间里的人，没人会知道我在等一锅粥熟的时间里都想了些什么。也许，他们无暇顾及，也许，他们也刚刚想起他们伸手也抓不住的过去。

黄色的南瓜丁在锅里，白色的米粒在锅里。水在锅里，开出许多花。每一朵花都很唐突地从锅心里开出来，开到整个锅口那么大，开到连纹路都没有了才肯罢休。它们一朵接着一朵，乐此不疲。

我站在灶边，把手伸到条绒裤兜里，看着那些翻滚的白色和黄色的食物，窗外有雪。这是一个寒冷的冬日的夜晚，我突然想给自己熬一碗南瓜粥。

平日忙碌惯了，此时才发现，等粥出锅，竟是那样一段安闲的时间。我想起了许多过往。

我记起了年迈的姥姥。小时候，她给我熬过南瓜粥。姥姥是个很老很干净的女人，她年轻的时候会做一手好饭菜，她老了后总将自己全白的头发很整齐地盘在脑后。她用的是一个半截的牛角梳，我丢掉，又被她捡回来了。姥姥会在很冷的冬天用很低的声音告诉我穿厚点儿，仿佛在和我商量一件事情，主动权在我。

还有母亲，我二十三岁住院的时候她用一只白瓷碗喂我南瓜粥，像喂一个婴儿。我掉下泪时她问我是不是伤口又痛了，我说是的。她不知道那是因为我爱她。母亲的眼睛很漂亮，她漂亮的眼睛里时时溢满关爱，只是偶尔也有愤怒。十三岁的夜晚我偷听到她和父亲的对话。她说她白天批评了我，可能她言语有些重了，因为我都哭了，我一定很伤心的，她说她挺后悔的。父亲说她总是这样。

我还想起了我为他熬过粥的男人，他现在在加拿大，一个很遥远的地方，他总是在每个节日给我寄回漂亮的贺卡，他常常说："姐，等我不忙了就回去看你。"他是个顽皮的孩子，小时候的冬天，我们会在老家的院子里用冻得通红的小手为雪人装点面目，他说雪人像我，我说像他，争论间，他突然说："姐，你给我熬南瓜粥吧，我饿了。"

等一锅粥熟的时间我想起了以上种种，那些过往就在我旁边，我伸出手去，却捉不住它们。

我用一只精致的小勺一小口一小口地将粥喝完。喝完这碗粥我又回归我的朝九晚五了。明天，街上的人，电梯里的人，格子间里的人，没人会知道我在等一锅粥熟的时间里都想了些什么。也许，他们无暇顾及，也许，他们也刚刚想起他们伸手也抓不住的过去。

75. 渐行渐远的贫穷——灿烂

其实，没有长大以前，我是一直否认贫穷的，我觉得贫穷是件让人很没面子的事情。可是，长大以后，我开始感恩贫穷。它让我收获了很多东西。

去楼下小店买烟的时候，正遇到一位怒容满面的母亲和自己哭闹的女儿僵持着。女孩很小，五六岁的样子，她一直指着店内一个并不怎么精致的玩具小狗闹着要买。母亲一边把她往外拖，一边不住地说明天来买。女孩不依，母亲不从，于是，母女俩便在小店门口拔河似的僵持着。店老板一直在用一种很丰富的表情看着她们，母亲便怒了，羞怒，或者是恼怒。她在孩子的小屁股上拍打了几下，孩子哭得更厉害了，却还是跟着母亲乖乖地走了，只是她走得很不情愿。

从这母女俩的衣着打扮看得出，她们同我一样，都是穷人。只是，年龄让我兼备了这母女俩的优点，我知道什么该买，什么不该买，我知道什么该要，什么不该要，所以，还不至于难堪。

问了那只小狗的价钱，不贵，只要八元，比一包娇子烟还要便宜一些，于是买下来，追上那对母女。孩子接过小狗便开始微笑，母亲却有些呆怔，随后便伸手从裤兜里掏钱，边掏还边问我多少钱。我笑笑，不说话，转身离开。那位母亲却追了上来，拿了十块钱到我手上。我还回去，她又推过来，我再还，她再推，这让好多人停下来开始围观，以为我们在打架，于是我只好收下，又顺便将店主刚找给我的两元钱给了她。

回家的路上，想起小时候，我和父母都拔过河，我也像刚刚的那个孩子一样，用这种方式要到了好多东西，也没要到好多东西。而我的父母也如刚刚的那位母亲一样，他们没有足够多的钱满足我的每一个意愿。于是，我比那些富裕家庭的孩子多了更多的眼泪，也多了更甚的喜悦。因为人人都懂得，越是不容易得到的东西，后来得到，便越是能给人满足感和喜悦感；而越是想要得到的东西，最终没有得到，便会有越深的委屈和失落。我的父母用贫穷激化了这两种感觉，我的童年便丰富了起来。

其实，没有长大以前，我是一直否认贫穷的，我觉得贫穷是件让人很没面子的事情。可是，长大以后，我开始感恩贫穷，它让我收获了很多东西。当然，我更想自己能富裕一些，因为富裕可以让我们补偿很多，实现很多。

我们一直在用灿烂形容很多东西，花，春天，阳光，微笑……可我们唯独没有用灿烂去形容贫穷。而正是贫穷让我们在和别人等同的岁月里领略到了更多的欢笑和泪水，也正是贫穷丰富了我们生命中的某一段岁月，这一段岁月浸染开来，便又丰富了一生的记忆。这样，老了，会不孤独。于是，开始觉得贫穷竟也如此灿烂，像阳光，像微笑，像春天，像花，这样想着，笑了又笑。

76. 渐行渐远的懂得——内功

于是，我跟女友留言说，等我们到了父母那个年纪，爱某某便成了内功，用不得肢体上的一招半式，便能风起云涌。而现在，我们与父母差了好几个段位。

一位好友一直把女儿寄养在父母家，某一日，她去看望女儿，临告别时与女儿依依不舍，拥抱，亲吻，足以表达亲近的举动都做了。老母亲便在一边撇撇嘴说，真恶心。好友笑了笑，准备出门，换鞋的时候，跟站在客厅的父母说，其实，她也爱他们。老父亲很腼腆地笑了笑，老母亲又叨叨了句，太恶心了。

这些，是我在那位好友的博客里看到的，看得眼眶有些湿，看得四肢百骸有些暖和。

其实，我很明白好友那一刻的心情，她只是找到了一个合适的机会，用一种看似开玩笑的方式，把内心最想说的话说出来罢了。我也干过这样的勾当。这就像学武的人，刚学了一招半式，便想拿出来跟师傅来个汇报演出，以谢师恩，却其实也只是略懂皮毛而已。而真正的大师，是不动声色的，他们大多有超凡的内功。

于是，我跟女友留言说，等我们到了父母那个年纪，爱某某便成了内功，用不得肢体上的一招半式，便能风起云涌。而现在，我们与父母差了好几个段位，那么，任何一种方式的表达，在他们眼里都有班门弄斧的嫌疑，所以——“恶心”呀。

留过言，我开始特别想念母亲，她会在一年 365 天里为我做 1095 顿饭，她会用鲜艳的线给我织款式过时的毛衫，她会因我的过错而严厉斥责，可她从来没说过“孩子，我爱你”。除却语言，她用心，用情，用客观，用执著，用一切去爱我。虽然她不说，可我都懂得，她爱我爱得如着了魔，离不得她半步，这不是内功，是什么？

又是年头岁末，祝福她，她早已修得正果。

77. 渐行渐远的良医——关于时间和伤口

其实，有时候时间就像是一位知名良医，他也许会伤害到你，在你健康光洁的身体上拉开一个又一个血淋淋的伤口，但是他却在为你医治另一种顽疾。

许多年前，我曾经义无反顾地从这座城市离开。许多年后，我心存感恩地回来。

这座城市，以前于我是一种伤口积郁的沉重，而如今却是我最佳的疗伤场所，于心，于人。

那时候我刚做了胆结石切除手术，刚有好转我便从医院里出来，拖了重重的皮箱一个人回了家乡小城。我的腹侧留下了一道长长的伤疤，而我心灵的伤口却在那一刻全部愈合。

我在这座城市出生，父母也许曾经分别牵着我的左右手在窄窄的街巷散步，但是当我有记忆的时候他们却抛弃了我；在这里有几个要好的朋友，他们给过我无数帮助，也给过我许多轻重不等的欺骗和不信任；还有我曾经爱过的人，他在对我说他爱我的城市里告诉我他爱上了别人；最关爱我的姥姥也在我最需要她的时候选择了一种极好的方式逃避——病逝；还有许多人给我的许多伤害，我都将它们一一承载到小而脆弱的心里，然后在我无法承重的时候选择离开。

就这样，许多年，一个人，停停走走地生活。

隔了那么多年的时间，再看回从前却也竟然有了不同的心境，尤其是在我做手术的前后，我的心灵经历了一场葬礼或者说是一次重生。知道生病的那一天起，便托了要好的同事帮我联系了省城的名医，那几日里最期盼的就是医生的手术通知。说得直白一点儿，就是期盼他尽早在我身体上拉开一个血淋淋的口子，然后切掉我身体里的痛。当我终于从手术室出来躺到病床上的时候，我看到邻床的女子，她刚做了剖腹产手术，她泛黄的脸颊因为疼痛而挂着密密的汗珠，但她却分明在微笑着，搂着怀里的孩子，无欲无求。我问她痛吗？她说不。我也不痛。

其实，有时候时间就像是一位知名良医，他也许会伤害到你，在你健康光洁的身体上拉开一个又一个血淋淋的伤口，但是他却在为你医治另一种顽疾。甚或有时候，他给你的伤害只是为了另一个生命的诞生。像时间给过我的种种伤口：它用抛弃治疗我的依赖，它用欺骗治疗我的轻信，它用背叛治疗我的死心塌地，它用病逝治疗我的脆弱。

78. 渐行渐远的面容——电话本

那些逝去的日子哟！我和我曾经遇到过的人像一条河面上的小舟，匆匆地路过后便继续朝着各自的方向前进，前进，直至不见。

一日收拾旧物，翻出一个破旧的电话本。如果没有记错的话应该是刚参加工作那会儿买的。那时我在公司广告部任职，有好多业务上的电话死活记不住，所以就买了个电话本一一记录。当然还有同事或者朋友的电话，总之不是十分重要的人。

拂去电话本上的浮尘，打开来，泛黄的纸张上密密麻麻地记录着许多名字和一串串与这些名字曾经有关的数字。有许多已经用笔画掉了，说明在当时已经换了新号码或者当时就认为没必要再联系了，我有这个习惯。而那些幸存的竟然有好几个我都想不起来他们是谁了，更不要说他们的长相了。那些能记得起的有两个出国了，还有的去了外地，也许还有在这个城市的，只是久未联系了。也试拨了几个号码，不是空号就是被告知已经搬走了，其中还有一个朋友竟然不幸出了车祸，为他的英年早逝叹息，但他肯定不领情，因为我是在他走后的几个年头才得知的这个噩耗。

其中有一个号码后面注了一行小字："请商店的人叫一下二楼208的。"是韩小玉，电话是25461××，是一个当时很要好的朋友，我们经常周末相约了去逛街或者郊游。我心情不好的时候就喜欢和她待着，我们还在楼下那家商店买过许多零食。商店的老板是个中年女人，稍胖些。后来这家商店搬走了，我和小玉也成了单线联系，再后来我从原来的单位辞职了，小玉也回了老家，我好像记过她家的地址，但记不起来放哪儿了。

再往后翻，电话本的最后一页记着一个号码却没有人名，拨过去，是闹市区一家美容院。我是从来不上美容院的，想必也是一个曾经和我有关的号码只是后来易主了。

我没心思再收拾那些书刊报纸，抱着电话本呆呆地坐在地板上。那些逝去的日子哟！我和我曾经遇到过的人像一条河面上的小舟，匆匆地路过后便继续朝着各自的方向前进，前进，直至不见。

79. 渐行渐远的友善——不让你看到我的友善

而我也明白了哥哥当年讨价还价买桃的用意——给弱者以关照最好不要让他们看到，不要让我们良善的用意伤了他们脆弱的自尊。

上初中的时候，有一次，和哥哥去图书馆，出来的时候天已经黑了，而且下起了大雨，在车站防雨棚下等车的时候，看到身边一个卖桃子的老人。六十多岁的年纪吧，头发花白，满脸沧桑。他站在防雨棚下最边上的位置，身上早被雨水打得湿透。筐子里所剩不多的桃子也被雨水打得不成样子。

看到我和哥哥望过去的眼神，老人脸上闪过一丝欣喜的表情。他指着筐子里的桃子说："买点吧，现在很便宜呢。"

哥哥问有多便宜。

老人一脸诚恳地说："早上卖一块，现在就剩这些了，便宜卖了，你要要的话，八毛钱一斤。"

哥哥说："八毛还便宜呀？七毛，七毛行不行？"

老人低头看了看筐子里的桃子，思索了一下说："七毛就七毛吧。"

哥哥买下了筐子里的所有桃子，付了账，我和哥哥坐上了回家的车。下车的时候发现哥哥两手空空，问他桃子呢，哥哥呵呵地笑着说："那些桃子还能吃吗？我不过是觉得老人可怜，才把他的桃子全买下来了。你想想，如果不是生活所迫，这么大年纪的老人谁还会为了几只桃子在大街上淋雨呢？"

我说："你既然可怜人家，为什么还要讨价还价呀？"

哥哥说："你不懂，以后你会明白的。"

我明白这个道理是在几年以后，在异地上大学，同寝室叫郭丽的同学家里情况很差，每月很少的生活费都是她父母借来的。我们几个要好的同学想帮她，又怕伤了她的自尊。

后来，我们几个商议，找郭丽织毛活，计件算钱给她。郭丽织得一手好毛活，这是众所周知的。大家觉得这是个好主意，便分头去买了好多毛线回来找郭丽织围巾和手套。这样郭丽凭劳动挣钱，便没有了丝毫顾虑。后来，我们又发动身边的好友都找郭丽给织毛活。

因为郭丽手巧，织出来的东西又漂亮，后来学校里便总有女生买了毛线来找她织东西，那样下来，郭丽每月几乎都不用向家里伸手要生活费了。

现在大学毕业好几年了，这成了个没人愿意揭开的秘密。而我也明白了哥哥当年讨价还价买桃的用意——给弱者以关照最好不要让他们看到，不要让我们良善的用意伤了他们脆弱的自尊。

80. 渐行渐远的独处——别问我是谁

我突然有些不认识自己了，而你，亦别问我是谁。让我在这个夜晚，有胆量回回头，独自惦念。

镜头在那扇门里定格的时候，我用摇控器关了电视。别人的故事在这里画上句号，我的夜晚才刚刚开始。

进书房，开电脑，一系列动作急促而没有目的性，当电脑桌面上可爱的娃娃又在朝我眨眼睛的时候，我却突然有些不知所措的感觉。我不知道我接下来要干什么。

我承认，以往的夜晚，我表象是平和的，在网上查查资料，或者看看书，再或者下载些自己喜欢的音乐。可是这一夜，一切都不一样了。

我被一部电视剧彻底打倒了——《别问我是谁》。

其实，并不喜欢看电视，也听说这部电视剧不知道是第几次重播了，一切就因为我做了一个与曾黎有关的稿子，我便盯上了这部由她主演的电视剧。

西漠河，农场，三个家庭的悲剧故事，后来的世事转变，一对失散父女，十几年后的再见。这些个夜晚里，我因为屏幕上跳跃的人影不再孤单，还甚至掉下眼泪。起初，也只不过这样以为，一部剧罢了。

一部电视剧罢了？

可是，当这部电视剧结束的时候，我知道，我终将为此辗转一些时日。为那三个在西漠河边，在太阳底下奔跑的小姐妹，为她们后来的人生。

我也有过那样的童年的，也有过那样的小伙伴，也有过那样的笑声，那样不经世事的脸。可当许多岁月过去以后，我虽然没有像剧中人那样更换姓名，也没有经历她们的大起大落，但我经历着我所必须而且已经经历的一切。我在这一切中开始越缩越小，小成一个影子。

命运洪流似乎从来没有在意过我，而我在以我的速度苍老，在以我的速度遗忘。像许多人开始不认识，不记得我一样。我们忙忙碌碌地经历成长，快乐，伤害，衰老……

我用抖动的手关掉电脑，掂起桌上的旧照片，大脑一片空白。

那时候，我那么小。而很多的岁月，挟风裹雨，呼啸而过……我突然有些不认识自己了，而你，亦别问我是谁。让我在这个夜晚，有胆量回回头，独自惦念。

81．渐行渐远的谅解——状如琥珀

十四年少不更事的日子成了那个琥珀的核子，那段爸妈所给予我的浓重的幸福被时光密封在一个小小的空间里，永不消散，永不脱色。

十四岁以前，我的世界就连尘埃也是带着七彩颜色的，那时候，我有帅气的爸爸，有善良的妈妈，有小而简陋却不失温暖气息的家。那时候我多幸福呀？你不知道的，谁都不知道的。所谓幸福的事情，只有幸福里的人才能感知得到的。

然而，十四岁的一场变故，却将我们的幸福生活画上一个绝情的句号。那年，爸妈离婚了，只给了我一个让我怎么也不明白的借口——感情不和。那时候，我不知道他们所谓的感情是什么，我只知道，我离开，他们其中的任何一个都不会快乐。然而，我的理由却没有阻止爸妈的脚步。妈妈带着我离开家的时候，爸爸追到了楼下，他搂着我说："菲菲，你一定要想爸爸呀！"我没有说话，却掉了很多眼泪。爸爸不知道，要面对没有爸爸的日子，我心里有多害怕。

接下来的日子全然两样，我和妈妈搬到了姥姥家，我的世界里不仅仅是没有了一个爸爸，而是所有的快乐和开心都没有了，虽然妈妈和姥姥都对我很好，可是我怎么也找不回原来的感觉了。那个光着脚在地板上走路的家，那个总是用胡子扎我的爸爸，那些快乐的、会飞翔的笑声都没有了。每次，爸爸来看我的时候，我都站在离他很远的距离里，当他伸手想抱抱我的时候，我总是无意识地躲开。还有妈妈，虽然她天天和我生活在一起，可是我总觉得她离我更远了一些，小小心里的小小怨恨在一天一天地滋生茁壮。

直到我遇到了自己的爱情，我才终于明白了爸妈所说的那种感情，当我终于鼓起勇气分别拨通爸妈的电话的时候，我只说了三个字：“对不起!”是的，对不起！我的爸爸妈妈。他们因为不想给我的童年留下阴影而用掉了自己十四年的青春，还有什么比这更昂贵的付出呢?

事隔多年的如今，我有了自己钟爱的男人，也有了四位爸爸妈妈，而那段被父母画上句号的幸福生活成了我生命里至关重要的一块琥珀，十四年少不更事的日子成了那个琥珀的核子，那段爸妈所给予我的浓重的幸福被时光密封在一个小小的空间里，永不消散，永不脱色。我想，即便鹤发鸡皮的时候，每每想起，我还定会很快乐。

82. 渐行渐远的脚步——最大的恩赐便是遇见

在我的逻辑里，最大的恩赐便是遇见，像我遇到了我的父母，像我的字遇到了亲爱的你们。

记得某天，一家杂志的编辑在作我的专访时问到这样一个问题：“你最大的愿望和最小的愿望是什么?”当时不假思考地回答了前一个问题，我最大的愿望就是父母能长生不老。自知是不可能的，但依然如此期愿。

回忆起很小的时候，有人问过我这个问题。现在，又有人问起，我想多年后，也许还会有人问起，但我的答案是不会变的。我想，这终将成为我一生中最大也是最不可能实现的愿望。而我，之所以如此执著，是因为，我一直太过明白，父母是我这一生中最最重要而无人可替的角色，我离不开他们。但我又总会设想一些他们离开后的景象，于是，我多了许多无能为力的揪心的感觉，某时，某刻，不经意地。也于是，我用文字表达着我的脆弱，而我也在文字里享受着那种血浓于水的执著。

之前两期的杂志上刊登了我的两篇亲情文章：《给我一个父亲，让我仇恨》《肖玉的人生》。这两篇文章引起很大的反响，很感激。写到这里，想起了我的第一篇作文《我的妈妈》，那时九岁，小学三年级。从那时起，便喜欢写一些凌乱的字在纸上，记录最多的便是亲情了。如今，做自由撰稿人六七年间，写得最多的也是亲情故事。偶尔也会写爱情小说或者心情散文，但绞杂其中最多的成分，还是亲情。

我是一个对情感，尤其是对亲情特别敏感的人。很确定这是个优点，是我的家庭给我的，是我的父母给我的。时常，我会在傍晚或者清晨，寂静微笑，那是因为，我至爱的亲人都在身旁，而且，他们那么优秀。于是，常常很确定地认为，我是幸运的。在我的逻辑里，最大的恩赐便是遇见，像我遇到了我的父母，像我的字遇到了亲爱的你们。

我想，我会一直坚持下去的，到我年迈，再写一篇《我的父亲母亲》，那时候，他们应该有一百多岁了吧。

83. 渐行渐远的温暖——北京地下铁

车到东直门的时候，我下车了。他坐在位子上没有动，只是在我下车回首的瞬间，朝我招了招手，然后轻轻微笑。

那年的北京，冬天，很冷。失业和失恋让我溃不成军，而这所别人的城市却终日冰冷，除了下雪，就是阴冷的天气。时常，我会在北京街头的寒风里，泣不成声。我不知道命运为何翻了脸，给过我那么多过往，它又都拿了回去，我觉得这很像是一场戏，我却没有本事做到宠辱不惊。

那个冬天，我一大半的时间都交给了地铁站。常常，我一个人在车站发呆，看墙上贴的招聘启事，然后看一列一列过往的车。往往一站就是大半晚上，我却看不到任何希望。

那一夜，我又如往常一般，带了小本子，将车站招聘启事上的地址电话都记录下来，然后便站在那里发呆，从我身边经过的车辆，卷着寒冷的风，从我的裤腿和衣袖里钻进来，我周身冰冷。却不想回出租屋，那里太小，容不下我翻飞的思绪，那里少得可怜的温暖，总是会引起我对温暖的记忆，我惧怕一个人的日子，所以宁愿站在这么冷的风里。

正在我发呆的时候，我感觉有人为我披上了一件衣服，衣服里还有一些残存的体温。我没有回头看给我披衣服的人，却枉自湿了眼睛。生活里不可思议的事情太多了，所以我学会了对一切都视若无睹。

身后传来温和的男声，他说："你到底要去哪里呀？怎么就一直站在这儿发呆，我看你老半天了，是不是有事想不开？”

我知道，出于情理，我应该回答他的提问，可是我没有。那一刻，我几乎丧失了语言功能，当他绕到我面前时，只看到我被泪水打湿了的双眼。

下一辆地铁过来的时候，他牵着我上了地铁，我什么都没有想就跟他上车了，我想，这个夜晚，无论他带我去哪里，无论他对我做什么，我都会跟着他去，我害怕一个人，我害怕寂寞，只要我身边有人，我就不会孤独。

我想着，他肯定会在某一站下车，然后和我寒暄，再然后，要求我去他的住所，再然后，做一个男人对一个女人可能做的所有事情。果然，不出我所料，他在车上开始和我寒暄。我有问必答，我甚至想告诉他：“你没必要这么费心思，带我回去吧，想干什么都成。”可是毕竟我还是没有说出口。让我意外的是，他并没有在某一站下车，而是一直坐在我身边，让我像水草一样附在他身上。后来，我竟然睡着了，睡得特别香，特别暖和。再醒来的时候，已经凌晨四点了。他微闭着眼睛，但是，他的姿势告诉我，他并没有睡着。感觉到我有动静，他便睁开了眼睛，问我：“现在该回家了吧？”我看看他，不说话。然后他问：“你到哪里下车？”“东直门。”我简单地回答，接下来，我们再没有说什么话。我偷偷地，用眼睛的余光看他，他不帅，甚至有些苍老，可是那一刻，他让我感觉到了温暖。某一刻，我甚至有股冲动，想告诉他，带我回家吧，或者去宾馆。可是，我还是什么都没有说。车到东直门的时候，我下车了。他坐在位子上没有动，只是在我下车回首的瞬间，朝我招了招手，然后轻轻微笑。

当时的直觉让我感觉，我们还会遇到，可是，后来，我又去了几次当初遇见他的那个地下铁车站，却再也没有见到过他。三年过去了，生活把它自我这里拿走的东西又都还给了我，我却再没有遇到过那个在寒冷的夜里搂着我在地下铁里睡觉的男人，那个我一直想跟他说声谢谢的男人。他不帅，甚至有些苍老，可我却一直一直在回忆，回忆和他的短暂的偶遇。

84. 渐行渐远的梦想——找一双翅膀一路飞翔

生命的际遇也许会让我们在瞬间与某些东西失之交臂，然而命运所赐给你的这段反省却让你有时间回首来路。

或者是清晨，或者是黄昏，命运里与生俱来的那一个梦想会突然绽放成一朵瑰丽的花朵。那一个瞬间，你一定找到了自己欲要飞翔的翅膀。我也与你同样。

那是一个有雨的早晨，我穿着白裙子走在青石板铺就的空空街巷时，空气中弥漫着的花香和雨滴落下的声响，让我感觉仿佛置身一个豪华的宫殿，我看到另一个自己，踩着起伏的音符翩翩起舞，那是一件多么幸福的事呀！也是那一刻，我看到了自己的梦想，也看到了自己背后的那双翅膀。

从小就喜欢舞蹈的我，更坚定了要继续下去的勇气，我的红舞鞋就是能载着我靠近梦想的翅膀。然而十六岁一次比较完满的表演之后，下场时我却意外地从后台摔了下去，导致右腿粉碎性骨折，数月后我康复了，可我再也不能跳舞了。我的红舞鞋从此成了一双落难的翅膀，而我的梦想也在我眼前恍惚到渐无踪影。

没有梦想的日子是可怕的，就像你面对一封只字未提的信。

我的生活在一瞬间失去了方向，在近三年的仓皇和无奈之后，我又握起了画笔，这也是我小时候的一个爱好，但是那时候能载着我飞翔的红舞鞋带着我离它越来越远。而今，一场意外又让我有了靠近绘画的借口，画笔和颜料又成了能载着我飞翔的翅膀，似乎我又看到了第二个梦想。

在许多次许多次的努力之后，我的画终于进了省级的画展，那是一件很快乐的事情，那种快乐你不懂的。也许，你懂。

生命的际遇也许会让我们在瞬间与某些东西失之交臂，然而命运所赐给你的这段反省却让你有时间回首来路。有许多东西被你遗忘在那里，甚至你的一直前进让你快要遗忘了它们的存在。那么，当你失去飞翔的翅膀时，不要一味地失望叹息，有很多其他的东西都可以用来做翅膀的，看看你的周围，你一定能找到能载着你靠近梦想的那双翅膀。这就是年轻的好处，年轻，可以让我们还有选择的机会；年轻，让我们还有许多努力的时间。

85. 渐行渐远的脚步——蚂蚁搬不走家

而后，我们长大，一个一个陆续离开，父母的小家成了我们求助的服务站。想得起了，用得上了，去走上一趟，像走亲戚一样理所应当，似乎忘记了这个小小的家里，曾经小小的成长。

一日，老公出差，我中午下班不想回空落落的家，便携了一个要好的朋友（也是同事）一起去母亲那里蹭饭。

到家，母亲热情地给我们开了汽水拿了水果，便一个人到厨房里忙活了，其间我试探性地说要帮她，可是母亲却说让我去照顾客人，人家第一次上门别让人觉得没礼貌。母亲说话的口气，还拿我当三五岁的孩子。于是，我便又回了客厅和朋友闲聊。

闲谈间，朋友瞧见了墙上的全家福，呵呵笑着说：“瞧你们一家子多幸福。”是挺幸福的，我和老公，弟弟和弟媳，一起拥着父母，一起美满地笑。朋友的举动提醒了我，我想起了我家几本厚厚的影集，想把我告诉过她的一些往事的片断炫耀给她看。于是兴冲冲地进了书房，作好了翻箱倒柜找影集的打算，却轻易地在书桌上看到了几本放得整整齐齐的影集，影集旧了，却被母亲打理得很干净。

我把影集搬到客厅，从第一本的第一页翻起，一直到最后一本，那些美好岁月的见证却只是找到了寥寥的几张，影集里多了许多空余的地方。突然间想起，那些自认为好一些的照片早被我蚂蚁搬家似的搬回了我新房里的那本新影集里了。

我的神情暗淡了下来，把影集重新翻看了一次，是的，没错，我的好多照片都拿走了，弟弟的好多照片也不见了，一定也被他转移到了他家的华丽影集里，只是余下父亲母亲的一些照片，零落尴尬地在影集里待着。

那些取掉照片的封套像一双双空洞的眼睛注视着我，我开始觉得有些无地自容。

开始的时候，每次照了新的相片，母亲都会亲手一张一张地插进影集里，逢上亲朋好友登门便拿出来幸福地介绍着：“这是我的女儿，这是我儿子，这个几岁了，那个几岁了……”而后，我们，一张一张地将一些年少的记录再搬到自己的空间里去，有好朋友来的时候就一一介绍：“这是我某年某月在哪里照的，那是我什么时间什么地点因什么事照的……”我们的介绍中总是少了父亲母亲。像现在的我和弟弟，开始的时候是父母把我们带到这个世上，一口一口地喂养成人，告诉你这是天，告诉你那是地，告诉你什么是善什么是恶……而后，我们长大，一个一个陆续离开，父母的小家成了我们求助的服务站。想得起了，用得上了，去走上一趟，像走亲戚一样理所应当，似乎忘记了这个小小的家里，曾经小小的成长。因而父母在生活和影集里同样地孤独着，慢慢地老着。

86. 渐行渐远的质朴——遗忘给过别人的恩惠

但不得不说的是，我们都要时刻遗忘给过别人的恩惠，否则便成了对别人的惩罚。不是我想抹掉乔琪给过我的好，我只是从自己的身上总结出一条受益匪浅的经验罢了。

上大二调宿舍的时候，我和乔琪调到了一间宿舍。早就听说过乔琪的“财大气粗”，潜意识里一直觉得这不是个好相处的女孩，可事实却让我意外，她热情大方，心直口快，又总是乐于助人，这让我渐渐对乔琪产生了好感。

之后几年，乔琪帮过我很多忙，我也很感激乔琪。可说实话，乔琪的方式让我有些不太好接受。她对于帮助过别人的事情，总是不忘挂在嘴边，这总让人有这样的感觉——我帮过你，我就高你一等，你时刻得有比我卑微的态度才对。

还记得大四那年，家里经济实在吃紧，因为功课不是很紧了，我尝试着去外面应聘份工作，以解燃眉之急。可数次面试，都以失败告终。乔琪知道后打量着我说：“你穿得也太穷酸了，你瞧你这牛仔裤穿了两年了，还穿在身上，这样子人家公司怎么能看得上你，走，我给你买条裤子去吧，少去 K 一次歌都够了。”我怯怯地拒绝了乔琪。因为我觉得我已经欠乔琪很多了，我不敢再欠下去，我怕我还不清。可乔琪还是不依，硬是拉着我去商场买了一条新裤子。

那天，刚回到宿舍，乔琪便高声叫着同宿舍和走廊里路过的别的宿舍的同学进来看她买给我的新裤子。按说受了人家恩惠，我心里应该是感激的，快乐的。可是，乔琪这样的举动，让十几双内容丰富的眼睛打量在我身上，我觉得我那么像乞丐，我缩在一角，恨不得找个地缝钻进去。

不几天后，乔琪约我去参加一个聚会，我俩分头去的，我担心乔琪又当着陌生朋友的面提起裤子的事情，便穿了我的旧牛仔裤赴约，乔琪看了便有点不高兴地说：“你怎么又穿这破裤子，我给你买的那条新的你怎么不穿呢?”乔琪的嗓门极大，周围的几个人都开始看我。我觉得那样无地自容。

类似的情况发生过好多回，我开始有些不敢见乔琪，虽然我心里很明白，乔琪没有坏心，她也帮过我好多忙，可乔琪的方式总让我感觉很不舒服。

好在大学毕业后，我和乔琪分到了两所不同的城市，经过几年的打拼，我落魄的状况也得到了很大的改观。又是一场商业性质的聚会，我再次见到了乔琪，我们成了事业上的劲敌。乔琪看到我的改变，有些惊讶，她脸上暗藏的敌意我看得一清二楚，可是我不恨她，我很开心乔琪对我这样的态度，至少，她把我放在了一个与她平等的位置去看待我了。

回想过去，还是很感激乔琪，如果她愿意，我还是很想和她做好朋友。但不得不说的是，我们都要时刻遗忘给过别人的恩惠，否则便成了对别人的惩罚。不是我想抹掉乔琪给过我的好，我只是从自己的身上总结出一条受益匪浅的经验罢了。

87. 渐行渐远的色彩——年轻可以有很多种颜色

我再也没有见到过这对母子。可我一直想告诉那个孩子——年轻可以有很多种颜色。

一次偶然的机会，我听到这样一段对话：

妈妈说："这只杯子是黑色的，这张纸是白色的，这个玩具是粉色的……"

孩子说："那你经常说起的年轻是什么颜色的？"

妈妈说："年轻呀，年轻，傻孩子，年轻没有颜色呀。"

我为这样一段对话思考了很久，我想告诉那个孩子，年轻可以有很多种颜色，可是，我们只是人生路上的匆匆过客。我再也没有见到过这对母子。可我一直想告诉那个孩子——年轻可以有很多种颜色。

年轻的时候可以哭，眼泪是水的颜色，单纯、干净。哭的理由可以有上千种，为一个玩具，为一只自己养的鸟，为一条死去的鱼，或者为一件喜欢的衣服，一句无心的话……无论是哪一个借口，在年轻的心里都会是那么重。重是一种珍惜和真诚，而许多没有了年轻的人，已经不再懂得。

年轻的时候可以笑，笑是粉色的，粉色的脸，粉色的酒窝和粉色的心事。可以不用掩饰，不用有意地做面部肌肉的拉伸运动。可以微微轻笑，也可以哈哈大笑。总之，年轻的笑，没有虚伪，没有企图，没有卖弄，也没有粉饰。

年轻的时候可以犯错，错是金色的，像天上的星星。你一定在年轻的夜里双手托腮，仰望过星空，那你一定会明白，正是因为这些细碎的金色，天空才有更多的美丽呈现。

年轻的时候也可以从头来过，从头来过是绿色的，像你种下过的某一株树。它破土、萌芽、成长、茁壮，终会开出一树绮丽的花。也许它的每一寸生长都要面临刺痛，可最重要的是，年轻让我们有很多很多，它有可以改错为正的时间。

也许你会认为年轻不过是件平凡无奇的事情，那么，请让我告诉你吧，你错了。你可以一侧目，也可以一回头，你定会看到一些艳羡的眼神，那些眼神告诉你年轻不在的时候你才会懂的一些事情。那么，请你现在就慢慢地把年轻读懂，在你还有许多许多时间的时候。

亲爱的你呀，看到了吗？你的年轻和你年轻的颜色。你可以把每一天演绎得绚丽多彩，也可以用你的双手一心一意地养出许多许多种颜色的奇迹。

88. 渐行渐远的瞬间——攀山缆车里的瞬间温暖

有那么一瞬间，我很想微笑着地走到他面前，跟他说："你好，我们见过面的。"可是，我没有勇气。

一路上，他都很客气，彬彬有礼，但他只拿我当普通的导游对待，丝毫没有要注意到我的意思，其实，他也没有一定要注意到我的必要。我们不过见过一次面而已，在某个豪华的婚纱影楼，我和他，和我们各自的身边人，在过道里打过一个照面而已。

有一些人，你见到他的时候，心会抖，我没找到理由，想必你也没有。

他就是。很窄的楼道里，擦肩而过的时候，我看到了他的眉目，他脸上的笑容，心有强烈收紧的感觉，再看他身边冰清如玉、不染纤尘的她，竟莫名地觉得有些说不清的委屈感。

而只是一面，匆忙拍了婚纱照下楼的时候，他已经不见了踪影。

在遇见他之前，实话实说，我是快乐的。可就是因为楼道里一瞬间的四目相望，一切便变了模样。我从不相信前生今世轮回之说，可他是个例外。

然后时时想念，甚至连一点儿理由都找不到，想说服自己，却竟然似断了一场本来很美丽的恋情。继续做我的导游，形单影只。却不想，在这个本来是别人来带的团，又因为该团的导游临时缺席而安排我补缺的机会里，再遇见他。

有那么一瞬间，我很想微笑着走到他面前，跟他说："你好，我们见过面的。"可是，我没有勇气。六天的时间里，我准备了无数回，可那句话还是没有说出口。

最后一天日程安排是攀黄山，然后返程，他依旧笑容可掬，帮同行的人拿行李，帮孩子系鞋带，帮我买水……

我从他手里接过水的时候，心里疼了一下，我很想问问他，她呢？为什么一个人出行？可我知道，我不应该问的，除了沉默，什么都不应该。

却好在团里的人分别乘缆车攀山，最后一辆缆车里就剩下了我们两个。我是导游，自不必说要最后一个上去，而他很有礼貌，一再谦让。

做了很久的导游了，可还是怕坐缆车，不敢放眼窗外，我怕那些从高空俯望下去的山峰和树木的尖梢。他坐在对面不说话，却一直望着窗外。也许是这份沉默让小小的空间里尴尬味太浓。他终于开口了，却说了句我没有想到的话，他说："是不是害怕呀？别怕，这种缆车安全系数很高的。"

我突然就不再害怕了，却不知道什么时候掉了眼泪。等他还想再说些什么的时候，车已经到了顶峰。我开始努力地装做并不在意他，努力地把他当个普通游客去对待。然后，我们下山，返程，在车站，一群人道别。他转身而行，我一直看着他的背影，虽然我知道，他不可能回头。

89. 渐行渐远的丰富——碗里的岁月

我鼻子酸酸的，姥姥八十四岁了，我真的不知道她还能给我做几次好吃的。我也不知道等我百年的时候是否还有一个人会让我惦念，惦念那碗里的岁月。

妈说我小时候特省事，吃奶从来不用奶瓶，起初的时候妈一手搂着我另一只手捧着一只盛了牛奶的瓷碗喂我，后来我就自己捧着碗一口气咕噜咕噜喝干碗里的所有。

小外甥一岁的时候，姐姐抱他回家里小住，我妈看着外孙子喜笑颜开，妈说该给孩子加饭了。可怜的姐姐却傻站在孩子旁边望着这个小人儿手足无措，于是妈便又亲自上阵，用新鲜的胡萝卜浆和鲜绿的菠菜汁和成鸡蛋一般大小的面团，然后擀开，切片，用骨头汤煮熟了再一口一口地喂给她的小外孙。看着细心备至的老妈，我心里总是溢起许多感激，因为我妈说我小的时候她就是那样喂我的。

可是记事后我总是给老妈添乱，记忆里每一次老妈给我喂饭的时候，我总是在家里跑来跑去，老妈便端着一只小碗跟着我跑，追上了，喂一口，第二勺还没来得及喂进嘴里我又跑开了，老妈就那样跟着我，直到把那碗饭喂完。

上学后碗里的内容丰富了许多，有蒸鸡蛋、米饭、馄饨、鸡块、鱼肉，等等，等等。每次吃饭的时候老妈便从餐桌对面投来爱怜的目光，那个时候老妈是最温柔的。但有时候老妈也会发脾气，不是因为我不好好吃饭就是因为我吃饭的时候狼吞虎咽。我手里的碗就成了老妈最大的惦念。

后来去外地上大学，参加工作，总是好长时间不能待在老妈身边。然而老妈每次打来电话的第一句话还是："吃饭了没？吃饱了没？学校里的饭好吃吗？"于是放假的时候老妈便绞尽脑汁想方设法地给我做好吃的，吃到发腻，吃到想逃，但是我明白那份挚爱亲情是我终生都逃不掉的。

"五一"的时候和老妈回乡下，看望年迈的姥姥，一进门姥姥先递上来两只盛了白开水的碗给我们，姥姥说："坐了这么长时间的车一定渴了，先喝点水歇一会儿我去给你们做好吃的。"一口水呛在嗓子眼里，我一把拉住姥姥，我说："您这么大年纪还忙活什么！"姥姥说："没事没事，我还能给你们做几回饭呢？"

我鼻子酸酸的，姥姥八十四岁了，我真的不知道她还能给我做几次好吃的。我也不知道等我百年的时候是否还有一个人会让我惦念，惦念那碗里的岁月。

90. 渐行渐远的懂得——有一种爱叫做设身处地

这样的珍惜和懂得让我感动，可唯一遗憾的是，它大多时候总来自患难之后。

有一位身患顽疾的母亲，在她快要进手术室的时候，她才打电话通知了她唯一的女儿。在此之前，那位母亲一次一次地找到主治大夫说："大夫，我很清楚我的病，我不怕，可是你千万不要告诉我女儿这种病的严重性，她还小，别吓着她。如果手术成功，那告诉她也不要紧了；如果手术不成功，她肯定会伤心难过的。但那会儿我闭眼走人了，也就顾不了那么多了。但只要我活着一天，我就不想让我的孩子为我担心难过。"

等那位母亲的女儿赶到医院的时候，护士正在为她的母亲做术前准备工作，出于工作原因，主治大夫还是向那位女儿讲了手术的严重性，并让她在术前协议书上签了字。那位看似不懂事的女儿趴在母亲床头笑嘻嘻地说："哟，妈，这阵子你在医院还养白了呢，等做完手术回家，你的护肤箱就归我了，别和我争哟。"看到女儿还是那样笑嘻嘻少不更事的样子，母亲的担心少了许多。而那位女儿在和母亲谈笑了一会儿后，又找到了那位主治大夫，她说："我很清楚手术的严重性，但我能不能求您件事，您能不能现在去告诉我母亲，就说医院今天刚好来了一位出名的专家，这位专家做手术非常出名，百无一失。行吗?"主治大夫很明白这样做有悖于职业道德，但是看到那位女儿涕泪横流的样子，主治大夫的心软了，她站起来走进病房，满面春风地跟那位母亲说："告诉你一个好消息呀，今天医院刚好来了一位出名的专家……”

那位母亲躺在病床上看着跟在大夫身后的女儿笑着说：“女儿呀，听听，大夫都说没事的。呵呵，等妈做完手术就回家给你拿护肤箱去。”女儿被母亲的调侃逗乐了，嘿嘿地笑着出了门，却在楼道里不住地掉眼泪。

那天的手术出乎意料地成功，当那位全身麻醉做完手术的母亲被推出手术室的时候，她还是挣扎着睁开眼睛看了看自己的女儿，五个多小时的手术过程里，她的女儿一直等在手术室的门外，此刻，看到母亲平安地从手术室里被推了出来。她开心地笑着，却早已是双目红肿。

晚上，女儿一直守在病房里静候母亲随时的任何指示，她时不时地过去问母亲：“妈，麻药散了吧？疼吗？”母亲气若游丝地说：“没呢，啥感觉都没有，你快上床来在那头睡一会儿吧，你晃来晃去的我眼花。”那时已经是夜里十一点了，那位母亲所注射的麻药早在七个小时前就散了，新伤口的疼痛是无法言喻的。而那位女儿是一无所知的，她乖乖地爬上床，和母亲打对头睡下了。

安静的病房里再也没有了动静，只能听到母女二人熟睡的呼吸声。

半夜，大夫因为不放心，去查房的时候，先看到大睁双眼的女儿，她朝大夫礼节性地微笑了一下就准备起身。大夫绕过床，又看到了那位表情痛苦的母亲，她睁着眼，一直看着床头的输液瓶一点一点地滴着液体。“怎么都没睡呢？”大夫随口问道。“我怕吵着妈妈。”“我怕吵着女儿。”母女俩异口同声地说道。

那位大夫就是我，当我走出病房的时候，禁不住也掉了眼泪。之前我也听这位母亲说过，她的女儿很可爱也很淘气，不太懂事，可是我所看到的事实却不是这样的。这样的珍惜和懂得让我感动，可唯一遗憾的是，它大多时候总来自患难之后。

91. 渐行渐远的童话——鱼

晶莹的鱼缸在孩子眼里是一只不听话的容器，它总是不能给孩子呈现出死掉的鱼，因为孩子一直在盼着有死鱼拿去喂小猫。

孩子喜欢双手叠起来托着下巴看缸里的游鱼，五彩的群鱼在偌大的鱼缸里自由自在地游来游去，孩子睁着大大的眼睛看得全神贯注。晶莹的鱼缸在孩子眼里是一个美丽的童话，缸里的鱼被孩子想象成他的亲人或朋友。

有一天，当孩子又一次趴在鱼缸前时，他天真的表情陡增了许多惊讶和悲伤，有一条鱼死了。孩子赶忙找来哥哥："哥哥，哥哥，一条鱼死了。"当哥哥看到心爱的鱼竟然死了，他极其悲伤地说："看它多可怜，它妈妈一定会很心疼的。"孩子说："那怎么办?""已经死了，不如我们把它埋了吧。"哥哥无奈地说。于是兄弟俩便找了一个小纸盒子把鱼埋在了院子里的一棵树下。好几天孩子一直陷在淡淡的悲伤里。

但不幸的事又发生了，又一条鱼悄无声息地死了。孩子从厨房里拉出正在做饭的妈妈："妈妈，妈妈，一条鱼死了。"妈妈担心锅里的菜会炒糊了，于是极不耐烦地说："死了就死了，改天再给你买更多条。"妈妈一边说一边从鱼缸里捞出死掉的鱼扔在垃圾筐里。孩子说："妈妈，我们把它埋掉吧。"孩子边说边将手伸进垃圾筐。"啪"的一声，妈妈在孩子手上重重地打了一下。"不许动，脏死了。"妈妈生气地说。孩子默默地走出厨房趴在鱼缸前，孩子想，那条鱼的妈妈一定很伤心吧！

又一条鱼死了的时候，孩子找来了爷爷：“爷爷，爷爷，一条鱼死了。”爷爷波澜不惊地走到鱼缸前喃喃了一声：“怎么又死了一条。”爷爷一边说一边将死掉的鱼从鱼缸里捞出来。孩子说：“爷爷，这条鱼真可怜，不如我们把它埋了吧。”爷爷说：“不，咱们用它喂小猫吧，小猫最爱吃鱼了。”孩子的悲喜是极容易转换的，当他听说要用死掉的鱼喂小猫，他澄澈的眼睛充满了好奇，于是便欣然答应了。当孩子看到那只小猫用锋利的爪子撕扯着那条小鱼然后送进嘴里以极快的速度吞咽下肚时，孩子咯咯地笑出了声。那只猫在孩子的笑声里用舌头舔干净了盘子里的最后一滴鱼血。

后来，孩子依然喜欢双手叠起来托着下巴看缸里的游鱼，五彩的群鱼在偌大的鱼缸里自由自在地游来游去，孩子睁着大大的眼睛看得全神贯注。晶莹的鱼缸在孩子眼里是一只不听话的容器，它总是不能给孩子呈现出死掉的鱼，因为孩子一直在盼着有死鱼拿去喂小猫。于是，孩子终于将手伸进了那只曾经是个美丽童话的鱼缸。

92. 渐行渐远的生动
——喜欢李幼斌，要有股一拼到底的精神

因此，我想，他身上是有这么些东西的，敢作敢为或是有情有义……所以，仅凭这些，他也必须被喜欢，以及尊敬。

一次和好友在影院看电影的时候，周围的人很安静，身边的女友突然悄声问我一个问题，她说：“你最喜欢哪个男演员？”我说：“李幼斌。”她说：“你大声点，别跟做贼似的。”我说：“李幼斌，我没做贼，不能影响大伙儿看电影呀。”

她说："我是说男演员。"我说："他就是呀。"她说："我好像没听说过呢。"我说："他在《亮剑》里演李云龙，就是那个穿得破破烂烂的独立团团长，还有，他在《抉择》里演杨诚，在《天·堂·鸟》里演张大庆，在《情债》里演朱四，在……"

她不等我说完，便很鄙视地看我一眼，说："你还是回家看电视剧吧。"

那天，就凭女友这一句话，我就没有把她一个人扔在电影院，知己呀，至少她知道李幼斌经常演电视剧。

其实，很早以前就喜欢这个人，那时候他多演配角。那时候喜欢他，是被动的，因为我家只有一台电视机，因为我爸喜欢看电视剧，因为我爸喜欢看李幼斌演的电视剧。所以，我便跟着我爸，喜欢上了他。

再后来，便是真真切切地喜欢了。原因很简单，因为李幼斌长相不好看，贼匪气，又情义十足。我一直觉得，这样的男人才是真正的男人。当然，我对李幼斌并不是十分了解，但他所饰演的角色在向我解释着这个人。冷的脸，明察秋毫的眼，于不动声色里的深沉和知性，我都喜欢。

也有好事的人因此评定我的品味有问题，我觉得这是个仁者见仁的话题。不错，我喜欢美国大片，喜欢法国音乐，但这不能限制我去喜欢李幼斌这个经常演电视剧的中年男人。我知道很多人在潜意识里都给电视剧下了一个不好的评定，但像小时候我喜欢把玩具拆开来玩一样，我也喜欢把事物拆分开来去分析。在这里，我喜欢李幼斌和我喜欢电视剧不能含糊地画一个等号，但是，我可以毫不含糊地说，李幼斌在他所出演的电视剧里饰演的角色，我都喜欢。

我知道，让我喜欢上李幼斌，这和剧本及角色是有很大关系的，它们帮了他的忙，但要肯定的一点是，演员在演绎一个角色时，多多少少也是在用这个角色诠释着自己，如果没有经历，没有感触，没有对角色的理解和感知，哪来的生动可言？

李幼斌大多出演正面角色，偶尔也演反面人物，但无论他饰演什么样的角色，他最基本的血性和情义都明显可见。因此，我想，他身上是有这么些东西的，敢作敢为，有情有义……所以，仅凭这些，他也必须被喜欢，以及尊敬。

记得他在《亮剑》里演李云龙时有这样一句台词：打鬼子要有股一拼到底的精神。那么，在这个被时尚和经典充斥的城市，喜欢李幼斌又何尝不可呢？

93. 渐行渐远的遗忘——遗忘是一种伎俩

而同时也证实了，小姨是最爱我的一个。遗忘，不过是她的伎俩，想给我更多周旋的时间罢了。

自信是个坏家伙，从小到大一直跟着我。

大学毕业，很多同学都忙于找工作的时候，我却揣着自己上学期间打工挣来的一些钱，开始四处找合适的房子，准备放手做生意。那时候，我那么年轻，那么自信，总觉得天底下没有我干不了的事，可事实并非我想象得那样简单。

本来是想开一家服装店的，想着自己手上的两万元应该够用的，可是那两万元很是出力不讨好，它们只帮我把房子装修了一半，把货进了一半，便进行不下去了。看着这个情形，我差点没哭出来，父母都从事普通工作，供我上学已经花了好多钱，我怎么好意思再开口？

思来想去，最后只能找小姨周转一点儿了。小姨嫁了个钻石王老五，她最不缺的就是银子了。可是，好胜心又不允许我随意低头。想了想，我以替同学筹钱的名义，找小姨又借了一万元，还撒谎说那个同学答应很快就会还回来的。

本以为快些开张，便能很快地还小姨的那一万块了。可是，因为生意特别萧条，不到半年，我赔得叮当响。父母倒是很宽容地安慰我。可是，小姨那里的一万块怎么交差？好在小姨几次见到我，都没有提还钱的事。直到我自己觉得不好意思的时候，我悄悄托朋友在邻市联系了一份工作。我想尽快挣足钱，把小姨的钱还上。可是波波折折，到我可以还钱给小姨的时候，距她借钱给我的时间已经过去了三年之久。这三年里，我总是避躲着不敢见小姨，而她似乎也总是很忙的样子，很少与我联系。

当我终于拿着一万元放到小姨桌子上时，小姨一脸的惊讶，她说："你给我钱干什么？"

我说："三年前我替同学管你借的呀！"

小姨张张嘴，说："哦，哦，我都忘了。"

小姨装得很像，我眼眶发湿，低下头去。可怜小姨用心良苦，可她忘了，我很聪明。

小姨虽然嫁了个钻石王老五，可是这个钻石王老五划到小姨手头上、供小姨自由支配的钱却少得可怜。而小姨向来都是个喜欢斤斤计较的人，她总是喜欢打肿脸充胖子，常借钱给别人，但不管是谁借了她的钱，必须在三个月甚至更短的时间内归还的。

我本来以为我是不会被例外的，因为当时跟小姨借钱的时候说是替同学借的，可我也忽略了，小姨很聪明。而同时也证实了，小姨是最爱我的一个。遗忘，不过是她的伎俩，想给我更多周旋的时间罢了。

94. 渐行渐远的信念——你要平安，你要回来

所有的人都知道，许愿的时候，要极尽虔诚，要双目微闭，要把愿望许在心里。可是，我却在那个冬天，将我所许下的所有愿望都让妹妹听到，因为我相信，这样，她会坚强的。

2004 年的冬天，我在西安，那些日子，我每天都会做一件事，那便是将房门关起来，然后打开电脑上的录音软件，再对着麦克风录下我对妹妹的期愿和一些祝福的话。

妹妹意外地患上了眼疾，国内尚无医院可以医治这种不明顽疾，移民加拿大的姑姑便将她接了过去。姑姑有一位眼科专家朋友，她说如果顺利，做三次手术便可以治愈。姑姑要忙自己的事情，没有时间整天陪着妹妹。妹妹一个人待在医院里，虽说有很好的医护人员，可是因为语言不通，而妹妹才十几岁，从来没有出过家门这么远。她整天情绪抑郁，动不动就掉眼泪，这让她第一次手术的恢复期延长了很久。医生说，如果照这样下去，情况不容乐观。

得到这个消息我一边埋怨着妹妹不坚强，不配合。一边又极心疼妹妹那么小，远在异国他乡，语言不通，又看不到，她该有多胆怯呀。常常地这样想着，我便也不觉地会掉下眼泪，我真希望我能陪在妹妹身边，她虽然看不到我，但她能听得到我的声音，能握得着我温热的手。可是，这根本不可能。送妹妹去加拿大一套手续办下来，已经花了不少的钱了，加上之前的奔波消耗，我们连打国际长途的钱都变得那样拮据。

就在我一筹莫展的时候，一个好友提醒了我，她说：“你可以上

网和妹妹语音聊天呀。”这句话让我兴奋了，可是，妹妹在医院里，不能上网，再说，她眼睛看不见，也不方便呀。当这抹浓重的失望感笼罩了我的时候，我却又想到了另一个方法。

我用最快的时间和姑姑取得了联系，跟她约好，我每天将录音文件传到她的邮箱里，然后姑姑将那些文件下载到 MP3 里白天拿给妹妹听。

于是，2004 年的冬天我便是这样过的，我每天都会极其认真地坐在电脑前，然后对着麦克风，把我想说的话都录给妹妹听。其实，说实话，我每次坐在电脑前的时候，鼻子就不由得发酸，根本说不了什么的，但我会努力使自己的情绪和语调都很欢快，我跟妹妹讲这里的天气，家里好笑的事，讲她的朋友同学来看她，带了她最喜欢的碟片什么的……但我说得最多的只有一句，那便是——“你要平安，你要回来。”

没有人会知道，那时候，我有多无助，我一次一次地对着麦克风说这样的一句话，其实，它也无非是我心底最脆弱的时候的一种期愿吧。所有的人都知道，许愿的时候，要极尽虔诚，要双目微闭，要把愿望许在心里。

可是，我却在那个冬天，将我所许下的所有愿望都让妹妹听到，因为我相信，这样，她会坚强的。也于是，我才能在第二年的秋天，在北京机场接到我双目复明的漂亮妹妹。

95. 渐行渐远的真实——突然之间，爱上吉杰

吉杰在为自己内心最需要的东西努力着，曲直自如。我不知道，不爱上这样的男人，还可以干什么？

湖南卫视快乐男声全国十二强产生的那个晚上，我下楼去买烟，小店的老伯正戴着老花镜看电视。湖南卫视，快乐男声，老伯十二寸的小彩电图像模糊，我望过去的时候，何炅和另一个主持人正在说着一个男生的名字，吉杰。

我喜欢这个名字，便将注意力转移了过去。后来听到的大致内容是，这个叫吉杰的男人，原本是南京赛区的冠军，进十二强是必然的事情，可是因为一些原因，吉杰却主动退出比赛。紧接着，画面便切换到一个高大的男人身上，英俊挺拔，轮廓清晰，而且很有男人味。正是我喜欢的类型，便一边接过烟点上，一边跟老伯坐在小店里看电视。

接下来，从主持人和几个评委的话里终于搞明白了，吉杰在一家世界500强的公司任职，因为工作的原因，他退出了比赛，但现在后悔了，又想回归亮丽的舞台。两种不一样的生活，这个男人要作抉择，最终，他跟观众说了句，挺后悔当初退出的决定。

电视太旧了，模糊得不像样子，可我还是突然之间喜欢上了吉杰，因为他说了一句很多男人不敢说的话："我后悔了。"

那天晚上，回家后便在网上开始搜吉杰的资料，还下载了一些他的照片做了电脑桌面，有好事者很不解地说："这个出尔反尔的男人，你也会喜欢。"我说："会，而且非常喜欢。"

其实放眼天下，我觉得男人最可贵的品质便是勇于承认自己的错误，而且，要说出来。当然，我说的对和错，是相对的。或许很多人会认为吉杰回归500强企业，继续从事他的主管工作，拿近百万的年薪才是正确的。可吉杰知道了，他更想要什么。所以有勇气在观众面前承认自己“错误”的选择。

当然，网络媒体上也不乏指责的文字，但我觉得，真实比做作，比死要面子活受罪更可取一些。吉杰在为自己内心最需要的东西努力着，曲直自如。我不知道，不爱上这样的男人，还可以干什么？

96. 渐行渐远的历练——如果我输了请鼓掌

事后，才从姐姐的口中得知，这个小选手正是那位母亲的女儿，她那天无意中听到了母亲的电话，但她没有怪罪，只是十一岁的她已经懂得了从另一方面去感恩母亲的良苦用心。

省台举办的一个少儿舞蹈比赛，姐姐被请去当评委，一时间，姐姐的手机几乎成了热线，很多报名参加比赛的孩子家长都拐弯抹角地打听到姐姐的手机号码，然后不住地打电话，希望姐姐能在点评过程中对他们的孩子网开一面。

有一天傍晚，姐姐在家吃饭的时候，她的手机又响了起来，姐姐接起，同样是个参赛孩子家长打来的，是位母亲，但很意外的是，她并没有请求姐姐多关照她的孩子，而是一直求情，想让姐姐在初赛的时候就把她的孩子拒之门外。

姐姐觉得这真是个很奇怪的要求，于是便问这位母亲为什么。

那位母亲给的答案很诚恳，她说，论孩子的能力，进复赛肯定没问题，她甚至相信自己的女儿能进前几名，或者说是夺冠，当然，也有可能在离梦想很近的地方被逼退。无论哪一种可能，她都不希望发生，她最希望的就是女儿在初赛就被刷下来。

这位母亲的逻辑很简单，她认为女儿还小，以后的路还很长，给她一次机会，让她打开梦想的门看一眼再退出来，那瞬间的繁华会让她铭记在心，鼓足干劲地去实现一个更优秀的自己；但倘若让她小小年纪便这样领略成功，她有可能会停步不前；而假如在离梦想最近的地方失败，这种打击可能会让她很长时间都会委靡不振。

在这样的比赛里，几乎所有的母亲都希望自己的孩子能成功，或者说能多走一步是一步，可这位母亲却从另一个角度提前去保护了她的女儿。

姐姐把这件事讲出来的时候，我们全家都为之感动，可怜这位母亲的用心良苦。姐姐用笔抄下了那个孩子的参赛号码。

初赛那天，我们全家看现场直播。有一个孩子上场的时候举着一块心形的牌子，牌子上写着：“如果我输了，请鼓掌。”那个孩子表现得还不错，可是几个评委一致投了反对票。台下观众因为孩子的勇气而掌声雷动。旁边的主持人很好奇地问孩子，为什么输了反而要掌声呢？孩子笑笑，说这些掌声是给妈妈的。

事后，才从姐姐的口中得知，这个小选手正是那位母亲的女儿，她那天无意中听到了母亲的电话，但她没有怪罪母亲，只是十一岁的她已经懂得了从另一方面去感恩母亲的良苦用心。

其实真的，有时候真爱并不具体局限于何种方式，回头看看吧，或许某个被你怨恨的人，他正在为你设身处地地考虑。

97. 渐行渐远的挚爱——那些流年里的如水挚爱

我想告诉苏姚，流年过后，当那些过往沉寂下来的时候，我也常常会想起她，可是我抽噎得说不出半句话来。

母亲住院的第三天，哥哥又来找我，他依然希望我能去找苏姚，托她的关系帮母亲换家好些的医院，找个更好的大夫。母亲是突发性脑溢血，情况危急，我不是没想过去找苏姚，她现在是卫生局的副局长，求她帮忙换家医院找个好大夫是轻而易举的事情。可是，很多事情挡着，我觉得我无法再走到苏姚面前。

我和苏姚是同一栋筒子楼里长大的孩子，她大我两岁。但在我还很小的时候，她便一直把我当妹妹看待。这也许是因为我的母亲一直对苏姚很好，把苏姚当个女儿去看待，而苏姚的母亲又离世较早。

那时候，我们的书包都换着背，文具换着用，就连衣服都是换着穿的。我们一起上学，放学，一起写作业，我们甚至有了近乎相同的兴趣和爱好，以至于后来我们同时喜欢上了一个男孩。

苏姚虽然生活在单亲家庭，但是她的性格却格外开朗，而我却与她不同，我内向而且胆怯，所以，很多的时候，都是苏姚护着我。就连我们同时喜欢上那个男孩的时候，她也是做得滴水不漏，怕伤着我。以往，很多事情我都不会和苏姚争的，但是在爱情上，我做不到那样大度。我总是猜忌着苏姚的行踪，并且开始疏远她，嫉妒她比我开朗，比我漂亮。

那些时日，我最惧怕的事情就是苏姚先我一步把那个男孩抢走，可是初次爱恋让我不知道该如何是好，我胆战心惊又如履薄冰地度过了大学三年。我总是幻想苏姚能放手，能像小时候她保护我那样再保护我一次，可是，大学毕业的时候，苏姚找我谈了话。

她开门见山地说："桐桐，其实很早我就知道你也喜欢他，但是，这一次，我不想再让着你了，原谅我好吗？因为在爱情面前我们都无能为力。"

我就那样眼睁睁地看着自己输给了苏姚，一败涂地，可我却束手无策。

从那以后，我和苏姚形同陌路，那时候，我们也搬出了那栋筒子楼，住到了不同的小区里。偶尔遇到苏姚，我都会装做没有看到，匆匆躲开。我最喜欢的女友成了我的情敌，没人会知道那种感觉那种滋味的。尤其是在看到苏姚和那个男孩在一起的时候，我甚至会发疯似的诅咒苏姚。但我的诅咒没有任何功效，苏姚很快和那个男孩结了婚，而且有了他们的孩子。

苏姚结婚的时候托人送了请帖给我，我没有去，我在家里哭了整整一天，我发誓再不和苏姚有任何来往，我刻意从记忆里把苏姚抹去，不去记恨，也不去想念。

很多年过去以后，我也有了自己的家，有了自己的孩子，我们过得很幸福可是那些往事还是时常会袭上心头，让我无法释怀。现在为了母亲要让我去找苏姚，我有些忐忑。

哥哥看我还是执意不肯，便生气地离开了，我在家想了整整一个下午，还是决定去找苏姚。苏姚的办公室很气派，我进去的时候，她正在和她的部下交代什么事，见我进去，她呆怔了一下，然后让她的部下先出去了。办公室里只剩下我和苏姚了，我们没有问话没有对白，苏姚从办公桌后绕到我面前，她什么也没有说，只是紧紧地拥抱了我。然后，我们就听到了彼此的抽泣声。苏姚呜咽着说：

"我以为你再也不理我了呢，我很想你呢。"我想告诉苏姚，流年过后，当那些过往沉寂下来的时候，我也常常会想起她，可是我抽噎得说不出半句话来。

苏姚听我说了具体情况后，二话不说便拉着我的手出门了，她用尽可能快的时间帮母亲办妥了一切，然后同我一起守护在病房里，好几次，我和母亲劝她回去上班。她都不肯。她说母亲还在病床上，她不放心。

那几日，苏姚俨然一个女儿似的在医院里出入，照顾母亲。很多时候，苏姚看到劳累过度的我，也会心疼地让我回去睡一会，可是我还是固执地留了下来。其实照顾母亲是其次，我更想和苏姚多待些时间。那几日我们的睡眠都失去了规律，有一天深夜，我们都感到肚子有些饿了，于是便捧起床头柜上白天没吃完的炒饭来吃，只有一双筷子，苏姚喂我一口，她吃一口。那情景像极了我们小时候在同一只碗里吃饭时的情景。我看着苏姚又红了眼睛，她拍拍我的脸说："快吃吧，我们是一生的姐妹，一生的好朋友，以后有什么事一定要告诉我，不要再一个人扛着了。"

我望着苏姚又一次掉下了眼泪，流年过去，真情还在。

98. 渐行渐远的信心——我要自信和我一起飞

赌气也好，尝试也罢，生活里是少不得自信的。现在，我已经坐上了公司的二把交椅，想到那一次突如其来的好机会，我会轻轻地微笑，无论何时，我都要让自信和我一起飞。

做文员的时候我还很年轻，年轻到见了领导都会瑟瑟发抖。每天乖乖地上班，下班，打扫卫生，接电话，处理文件，接待客人，莲花碎步，笑语盈盈。看似轻松的工作，时间久了自会觉得无味，但是我仍一心一意努力地工作，因为工作是我的天，没了天我就没了吃饭的碗。

倒并不是担心再找不到吃饭的碗了，只是觉得干一份工作一定要尽心尽力，干不干是态度问题，干不干得好是能力问题，我刚刚从学校毕业，态度当然是极其端正的，只是能力还有待培养。

那是一家大型的贸易公司，Boss 是一位归国华侨，Boss 能力不低，因此公司的业务也极其繁忙，每天从我眼前穿梭而过的公司同人们各自不停地忙着各自的事情，那样青春矫健的身影，那样澎湃汹涌的热情，那样身居要位的自得从容，我从他们的眼睛里找不到我自己，我像办公室里的饮水机和文件柜一样似乎只是成了一件摆设，可有可无，许多人在找我准备资料的时候竟然叫不上我的名字，我的存在必不可少但似乎又可有可无。

起初来这家公司是冲着经理助理这个位子来的，但就是应聘的前一天晚上我改变了想法，坦然说是退缩了。我知道大公司的经理助理会面临怎么样的工作压力，我担心自己会因才疏学浅坏了在这家公司的第一印象，于是我决定从零做起，尽管我曾经是国际贸易专业的高才生。

我原以为我找着土壤后会茁壮成长，但是我的土壤只让我感觉到两个字——荒凉。周围的人都各忙各的事，没人在意我的感受，更没人有时间给我鼓励和帮助。我以为年复一年就那样平庸下去了，直到耐心走到了穷途末路。但偶然的一次机会使我知道了，自己并不是那么不优秀。

那是个周末的下午，我打扫完办公室准备离开，副总风风火火地赶回来，来不及多说便拉着我就往外走，我几乎被副总拎上了车，然后他指挥司机速往某酒店赶，我被这突如其来的举动吓得目瞪口呆，脑子里出现了无数个可怕的可能……

副总一脸的不高兴坐在车上喘粗气，我也不敢多问。快到酒店的时候副总终于开口了，他说："小乔，今天无论如何你都得救我一把了，我的那名助理老早就打好辞职的算盘了，因为对我平时的严格要求心里不解，所以在我今天约好英国客户要她接待的时候突然辞职了，这是个大客户，我又不懂外语，实在没办法了，听说你是国际贸易的高才生……"

听到这里，我隐隐有些高兴，公司里不是没有人在意我的，救人于水火，就更是理所应当了。虽然心里有些胆怯但是比胆怯更多的是自信，不说是个人能力的体现，就算是报人知遇之恩也得义不容辞了。开始时那些乱七八遭的可能都烟消云散了。我冰凉的脸孔竟然会笑了。

谁知副总又接着说："我知道你只是个小文员，接待客户的一些礼节性东西你还不是很熟悉，你只要先想办法拖住客户别让他走就成了，公司那边的一个副总可以拿下这个工作，她正从邻城往回赶呢。

听到这里我刚刚高涨的热情马上就冷却了，拖住客户，什么意思？难道拉我出来只做个局外的陪客，用我年轻的脸挤几个媚笑就行了？想到这里，鼻子酸酸的，但也只有曲意前往了。

客户是一位英国男子，四十岁左右的样子，精明老练。先是必要的问候，放了好几年的口语说起来有些生硬，但是委屈了，赌气了，一些词竟异常熟悉地被我吞吐出来，但还是显得极其生硬。副总借去卫生间的空去了大厅等另一名副总，我和客户用生硬的口语交谈着，幸好，对方是一个还算客气的人，所以并没有太多的尴尬。其间母亲打电话过来问我怎么还没有回家，我告诉母亲我被副总拉来接待客人。说话的间隙眼泪就禁不住掉下来了，这个世上，只有母亲是真正永远爱你，关心你，知道你需要什么不需要什么的人，她知道我下班了没回家，她知道我饿了，她在关心我的安全，可是，副总为什么就不能理解我的心情呢？他难道不明白对别人的不信任也是一种伤害吗？接完电话回过头来，那名英国籍的男子在朝我微笑，他说："小姐，你是个不错的人，你完全可以拒绝加班的。"没想到，他竟然会国语。我很礼貌地朝他笑了笑，我说加班也是我的义务。也是在那一刻，我有了一个大胆的决定——我一定要留住这个客户，我要谈成这笔业务。

我和他用笨拙的口语交谈着，他一直在微笑，这给了我很大的信心。心情一旦放松下来，言谈之间就更显得从容不迫了。到副总提到的另一位副总赶到现场，我已经和那位英国籍的客户谈得像老朋友一样热烈了，后来，那位客户竟主动要求由我来负责和他的这笔业务。那一次，我大获全胜。

赌气也好，尝试也罢，生活里是少不得自信的。现在，我已经坐上了公司的二把交椅，想到那一次突如其来的好机会，我会轻轻地微笑，无论何时，我都要让自信和我一起飞。

99. 渐行渐远的幸福——想念一张遥远的脸

那是一张中年男人的脸，略显沧桑，像十几年前的父亲。他的话明显是说给一个孩子听的，有关心、责备和命令。在忙忙碌碌的生活里劳累之际，听到这句，你不知道，我有多么幸福。

这是一个北方城市，某个寒冷的午后，我坐在面馆里用手机玩游戏，等一碗面。不是我喜欢吃的，但为了应付肚子我只能将就了。因为面馆离我住的地方很近。

面馆是一对中年夫妇开的，他们正在厨房里忙碌，整个面馆除了我以外空无一人，门口落过雪的马路上有行人和小贩不断地经过。路灯昏暗的灯光洒下来，让人不由得想起许多事情。

年幼时一直渴盼着长大。长大后最大的梦想就是离开父母，一个人生活。终于如愿以偿了，却发现一切远非自己的想象。房子要自己打扫，水电费要自己交，天冷的晚上再也喝不上母亲做的热热的汤了。一个人睡觉，一个人起床，一个人忙自己想要的理想，但理想就在一个诱惑的角度却迟迟地不肯过来，我一直朝着它的方向奔走，其间经历了许多的人和事，同事，朋友，矛盾，口是心非的明争暗斗……我并不是一个喜欢争斗的人，可是我周围的那些琐事不放过我。还有我无疾而终的爱情，总之，所有的种种，总会让我在每个冬天感到异常寒冷。

身边的每个人都在忙自己的事情，我所要做的就是上班、下班、回家，如此反复。没有了悉心照顾，没有了嘘寒问暖，父母在家乡小城，时有的牵挂会顺着电话线找过来，却总也难解心头苦累。

我总是会想起他们，想起和他们生活的日子，想起我的无知年幼，想起他们板着脸故作严肃的神情。

“别玩了，快吃饭，吃完了再玩!”这样熟悉的话语在当时听来是无比亲切的，容不得我多加回忆，身边的男声把我从记忆的城堡里拉了出来。“别玩了，快趁热吃，吃了再玩。”他又重复了一遍，我一直看着他的脸，竟然忘了接过他手中冒着热气的面条。

那是一张中年男人的脸，略显沧桑，像十几年前的父亲。他的话明显是说给一个孩子听的，有关心、责备和命令。在忙忙碌碌的生活里劳累之际，听到这句，你不知道，我有多么幸福。

年幼时，常常会听到父母异口同声地说这句话，都是在我贪玩的时候，他们说这句话的时候往往都板着脸，装出让我害怕的表情。时隔经年，想起来没了惧怕而是甜蜜得无法形容。而那时，一个陌生的人就这样端着碗站在我的面前，跟我说同样的话，毫无做作，表情平静。这是一个北方城市寒冷的冬日，我因为这句话而全身温暖。

从那之后，我常常去这家面馆吃饭，他们夫妇总是会朝我热情地微笑，他们的笑我能理解，他们也许以为是他们的面条做得好所以拉住了我这个回头客，其实他们不知道，我一直不喜欢吃面条的。但每次去面馆，我都有一种极为亲切的感觉，虽然茶水我要自己倒，纸巾我要自己拿，但是我却有一种强烈的感觉，像回到了家，我喜欢那种感觉。甚至他们生意好的时候我还会插手帮忙，他们会不好意思，但我干得很认真坦然。

后来公司给我解决了住房问题，我从原来的地方搬了出来，很少再去那家面馆了，有一次专门抽空回去看看时，他们却搬走了。我在面馆门前站了许久，他们厨房里出来的烟气把墙熏黑的印记还在，可是他们走了。我一直站在原地，站了好久，我想起了那个情绪低落的冬日，想起了那碗冒着热气的面条，想起了店老板那句命令孩子似的话语，竟然有一种想要流泪的冲动。

许多年了，我一直想念，想念那张遥远得我可能再都找不到的亲切而又温和的脸，像父亲。

第四章 腔调

腔调：总是得说点什么的，闲言，碎语，这似乎是一种义务。为舌头，为走过的路，为未果的爱情，为方式，策略，品性，或者计谋，不敢言经验之谈，不过乎点滴浅见。像雨天傍晚，陌生的街道里，我与你迎面而过，难免会回头轻唤一句，前面有水洼的，我刚走过，无非是希望你比我更顺意一些，你听，或者不听，心愿还是要奉过去的，愿君此生，早安，午安，心安，体安……

100. 渐行渐远的认可
——有几多埋怨，幸福就有几多远

每颗心都有一扇门，打开来，才会有人来人往，笑语欢声。不要让埋怨关上了这扇门，让幸福找不到你。

一直觉得，幸福就像是一个很会讨巧，又极其脆弱的孩子。如果你愿意，用些耐心用些努力跟这个孩子相处，他会受鼓励般地处处讨好你，并且他会将身上你以前所未发现的优点展现给你看。相处的过程中，你会发现他的好。倘若你对这个孩子总是抱怨，总是不看好，那么，他会乖乖地避开你的视线。

或者，你会跟我解释，这个幸福不是你想要的幸福。那么，请你从另一个角度去理解它。比如，你是一个画家，你想要一幅在内心里构思好的美丽图画，那么，你一定要经历从配颜料到绘画完成的过程，因为没有人会完全理解你内心的声音，拿一幅你想象的画去等你签上名字。

说这些似乎有些跑题，我只是想告诉你，得来任何一份细微的幸福，都要经历努力的过程，包括不埋怨，理解，宽容，尝试着接受……就像你在作画之前，如果不停地抱怨纸张粗糙，画笔太差，颜料不好，那么，即便是你经历了努力的过程，亦画出了自己想要的画作，但以这样的心情作出来的画，还会是你想要的吗？

亲爱的姐妹们，请一定相信，孤独和寂寞是命运给你的惩罚，也请你一定不要以此为借口，怀疑幸福的稀缺，而去埋怨老天的不公。每颗心都有一扇门，打开来，才会有人来人往，笑语欢声。不要让埋怨关上了这扇门，让幸福找不到你。

同时，你要学会并且去理解的一句话便是——进退之间，方寸天地。

101．渐行渐远的时间——请一定送我两朵花

如果你要招惹二十五岁以下的女孩子，送她花和巧克力便足够了，如果你要招惹二十五岁以上的女孩，请预备一个家。

刚认识不几天的男人某天清晨竟然托人送了一朵含苞待放的玫瑰过来，还附了一张粉色的卡片在上面，书：“用一朵花开的时间爱你。”

被人用烂的句子。我笑笑，发了短信给送花的男人，我说，请一定送我两朵花。

他很快地回了过来，说好的，一天加一朵。

又笑，不去理睬，他自是不明白我短信里的意思，我也懒得去解说。如此玩转浪漫戏法的男人，我是决不敢与其为伴的，吃过所谓爱情的亏，所以懂得退避三舍。发短信过去，只是一种挑衅，却不是针对他。

“用一朵花开的时间爱你！”何其浪漫。可我更希望送花给我的男人，他能送我两朵花，用第一朵花开的时间爱我，用第二朵花开的时间安家。

闯荡爱情江湖数载，开始把结果看得比过程更重要一些，如果说恋爱是一个劳苦过程，那么，结婚便是一个功劳结果。我则更看

重后者。

起初，我并不是一个急于把自己抛向烟火婚姻的女人，我以为有爱情便有了一切，可结果却并非我所愿。爱情只是爱情，它什么都不是，而我所遇到的爱情，它除了能杀人于无形外，几乎再无其他功效。它给不了我一个安稳的肩膀，给不了我一个亮着灯的窗户，它能给我的只是伤心和无休止的怨恨以及想念。

可我依然还在恋爱，用新的恋情覆盖旧的伤痕，这样治标不治本的游戏终于让我筋疲力尽，到后来，爱情似乎都有些不像爱情了，像是一场看谁有本事先离开的比赛，我总是输。

也是在那个的时候，我异常渴望能有个男人，他可以不太爱我，但他要给我一个家，让我风雨中有归处，不至于独醉街头，忘了出租屋的方向。却其实，能给你一个家的男人，定是爱你的。可让我遗憾的是，这样的男人我至今还未寻到。

在我的理解里，家是一个责任与义务的压缩包，而大多数男人都会在这个包压缩前撤兵而逃，这样的男人你以为他还能与你风雨同舟，荣辱与共吗？不可能。

很多男人很不屑于我的观点，他们会像耐心的导师一样教导我："爱情就是爱情，结果不重要，如果我们真的有缘分，定会走到一起的。"可是对不起，我老了，没有时间再去做飘幻的梦，我只想落到尘埃里过很俗的生活。

其实，很多时候，我在为自己的红颜速老感觉庆幸，这让我双目澄明，洞悉恩怨纷争。二十八岁，我开始明白，婚姻、家庭远比爱情来得重要，来得踏实。因为我在那样势不可当地衰老着，我终是要找个人相互依靠。玫瑰变不成水，巧克力变不成面包，甜言蜜语交不了物业费，更付不了医药款。

有很大一部分男人不愿意去面对这个话题，可我还是要说，如果你要招惹二十五岁以下的女孩子，送她花和巧克力便足够了，如果你要招惹二十五岁以上的女孩，请预备一个家。

所以，想要送花给我的男人们，请一定要送我两朵花，用第一朵花开的时间爱我，用第二朵花开的时间安家。

102. 渐行渐远的食色
——草本爱情荤腥欲，一个都不能少

婚姻不是儿戏，是一桌招待餐，可简可繁，但有两样不能少，那便是草本的爱情和荤腥的欲望。

我爱过一个生理机能已残的人，甚至有过瞬间的冲动，想要嫁给他，和他轰轰烈烈地守候一份无性婚姻，因为他在我眼里，是个才子，而且深情。但这个冲动只是一瞬间，还被好友骂得狗血喷头。

骂我者众多，李玫是最毒的一个。当时我们在吃韩国餐，她指着一份草本羹汤说，爱情是什么，是这个，性呢，是这个，她又指了指面前的烧烤。继而说出了她这一辈子说得最有水准的一句话，要结婚可以，但有个前提，那就是这两样，草本爱情荤腥欲，一个都不能少。

后来，断了和那个男人的来往，不是我不够执著，只是因为我明白，我的冲动没有任何理性基础。当然，有过伤痛，但头脑清醒，我不是个圣人，食色乃我之根本，我又何来的勇气，去守候一份无性的婚姻呢？

看了这些，也许有读者要骂我，说我在爱情里不够纯粹，那你倒是纯粹一个给我看？守着一个你爱的人，可以被他拥抱，被他亲吻，却永远得不到身体里欲望的释放及满足，一天可以，一年可以，一辈子呢？

也许会有人给我肯定的答复，但我觉得即便是肯定的答复，也无非出于两个原因，一是利令智昏，二是你本身就不健全。

因为健康、健全的女人都会有性的欲望和冲动，渴望得到满足，有些人内敛，不说出口，但并不等于这样的渴求不存在。

性作为生命最基本的组成部分，它的一切需求都是正常的。像人饿了要吃饭渴了要喝水一样，我们的消化系统需要食物去满足，身体也是同理。

说到这里，也许有人会问，不吃不喝会死人，没有性生活会死吗？当然不至于这么严重，但也不排除这样的可能。美国科学家在研究报告中指出，性压抑是最容易导致人心理畸变的因素，而心理疾病是导致目前社会人口自杀的最首要的因素。

所以，没有性生活，也会死人的。

也许，你会觉得我肮脏，一味地把婚姻和性牵扯在一起，不是我刻意要这么做，这么说，只不过事实如此罢了。在婚姻里，爱情只是一款开胃汤，性才是填肚子的食粮。

试想一对没有性生活的夫妻，他们可能很相爱，但他们只可能幸福那么一小段时间，而非一辈子，因为性生活在婚姻生活里起着相当关键的作用，它不仅有愉悦身心放松压力的作用，还可以维系夫妻感情。一对没有性生活的夫妻，可以因为爱情而快乐，但这种快乐是单一的，是经不起消耗的。因为长期的性生活压抑不仅会影响人的情绪，还会徒增很多压力。这么多的坏情绪和过大的思想压力，仅凭爱情是消解不了的。

当然，爱情也很重要，没有情感的性像食之无味的快餐，目的只是为了果腹，自不必说少了进餐过程里的欢愉和享受。而简单的快餐，又怎比精工细火烹出的传奇更能长久地品味呢？

这就好比，一个男人会很随便地找一个妓女去解决生理需求，却决不会随便找一个妓女做老婆。一辈子是条很长的路，爱故然重要，但也只是生命组成部分的一个分支罢了。况且，每个人的生命只有一次，婚姻是头等大事，马虎不得，与其隐忍，倒不如成全自我，找个有情有性琴瑟相合的人一路走过，似乎才更值得一些。

当然，也有特例，新闻里最不难见到的就是某女伺候病瘫老公十余年的新闻，诸如此类数不胜数。但这又能说明什么呢，说明他们的爱情支撑了婚姻，说明他们很快乐？我看倒不见得。如若谁要说这样事里的人都是幸福的，我会觉得他做作，因为谁都不愿意做这种特例，在灾难面前，人才更倾向回归自我，过回最平常的日子，也不过食色性也！

说这么多，无非是想让大家明白一个道理，像长者常教导我们的那样，婚姻不是儿戏，它确实不是儿戏。它是命运安排给我们的一顿招待餐，或简或繁，如果说深情的爱恋是草本的羹汤，那么荤腥的欲望就是热烈的烧烤，对于婚姻，这两者，一个都不能少。

103. 渐行渐远的富豪——分吧分吧，别客气

你想想，你爱我的时候，你都敢耍赖皮，敢不洗衣服，不做早点，要分手了，又何必客气讨好。

他开始不再淘气，不再耍赖皮，开始知道给花浇水，知道在很冷的夜里给我披件外衣。如果除了这些，什么都不提，那么，我爱他我则应该欣喜。但却偏偏这些只是一场分别的前奏曲，那么，我

又何来的欢喜?

好和钱一样，都有用光的时候，在爱情里富豪很少。当我开始知道他的一些点滴往事，有过手足无措的痛惜，但他对我只字不提，我便同样对自己自欺了事，以为这样便能相安无事，却其实，心像新鲜的桃子，开始渐次腐烂。

我那么提心吊胆，怕他对我好，可我不想发生的事却偏偏来到。我开始知道，“分手”两个字，正沿他的腹腔，他的心脏，抵达他的嘴唇。以至于他每次开口，我都会看他的口型，我担心自己的一不留神，那两个字冲将出来，我们的一切则瓦解土崩。

而他，却偏偏不说，就那样好着。这种好让我觉得又富足，又屈辱。有时候，还会有一种莫名的愧疚，觉得自己真是个包袱。但我又没种央他把话说出口，就这样云里雾里。

我开始越来越痛楚，像身体长了瘤，起初奢望着能痊愈，却渐渐发现，不摘除不行。

于是跟他说：“你把‘分手’两个字说出来吧，要不咱俩都不好受。”于是他说了，他还说了另外的一些什么，像是原因或者借口什么的，很多，我记不得，重要的是一切真的结束了。

很痛苦，哭不出声，却还是觉得比他不说分手，只是对我好的那会儿轻松许多。

又过了一段很不快乐的时光，慢慢康复，开始早起运动，牵着我的狗去买早点，又开始学会跟心仪的男人抛媚眼，开始一个人看碟到深夜，开始在跟朋友的电话粥里狂笑出声。开始觉得没有他，日子似乎也并没有多少大的变化。

当初怎么就那么傻?那么铁定了自己不勇敢?

再想起他为了分手所做的那些良好举动，会禁不住为他觉得辛苦。如果抛却那么多的情分不去计较，分手也便只是两个字那么简单，何必为此不好意思开口，倘若决定分手，那些情分便已经不在了，又何必为错觉得感到愧疚？

终于开始一切都好起来，我常常跟自己打这样的比方：一个避雨的人躲进我的屋子，我让他安顿下来，可雨过天晴，他却想分走我的房子和物什，怀了这样心思的人不谋财便要害命，我庆幸自己聪明，早早把其赶了出来。尽管他很客气，他跟我低声下气。

打小就被母亲教导，诸事自己吃点亏，别让别人受难为。我也因此看不得别人目的明确地低声下气，倘若是陌生人，我还可以把这理解成一种礼仪，可我们那么熟悉了，大可不必客气的。如果你非得这样才觉得对得住自己良心，看在熟人的分上，麻烦你也替我考虑，你越是这样，我就越觉得是我自己不对。

你想想，你爱我的时候，你都敢耍赖皮，敢不洗衣服，不做早点，要分手了，又何必客气讨好？而以后倘若还有男人因为要分手，而懂得对我好，我一定要记得告诉他，分就分吧，别客气，都是熟人了。

104. 渐行渐远的柔软——务必示弱

那么多的悲伤没有出口，这是件很麻烦的事情，就在我不知道自己还能扛多久的时候，看到一个要好的姐姐发在杂志上的一篇文章——示弱，是一种权利。

小时候，父母忙于工作，抽不出时间照顾我，于是我总是在几个相近的亲戚家寄养着，也许是因了那时的际遇，无人可依，于是总是坚强着，不哭泣。

长大后，留给朋友的印象大多是这样的，没心没肺，快乐开朗。却其实，这只是表象。

谁敢说他这一生从来没有遇到过失落、怅惘、抑郁、忧伤？而我，也不例外。但好在我是一个习惯于独自消化不如意的人，晒给朋友的，永远是笑脸和好消息。

也于是，几个懂我的好朋友总是忍不住夸我说：“你行，扛得住。”

我只能笑笑，不作答，不认可。其实，我也有扛不住的时候，也想找个人去说说，或者干脆把一切烦恼都丢给对方。但我的虚荣和好面子，不允许我这么做。于是咬咬牙挺着，或者干脆在黑暗的角落，兀自地哭出声响，只要没有人听到就好。

如果，这也算扛的话，那么，好多年我扛住了，我以为没有什么可以把我打倒的时候，命运又给了我一次试探。

五年前吧，几乎是在一周之内，我丢了最喜欢的工作，最认可的女友，最爱的男人。而我，从始至终，是无辜的。

那时候，我每天在电脑前趴两三个小时，更多的时候，深夜里，我不得入睡，一连串的打击来得太突然，我无法承受，却又哭不出声，连眼泪似乎也离开了我的身体。那时，我埋怨最多的，是上天的不公，为什么要把这一连串的伤害一次性赐我？能否分开来，给我个缓冲期？

而上天，是容不得商量的。于是，总是耿耿于怀，痛到不能呼吸。

可是，当有相好的朋友约我聚会，想要开导我的时候，我却依旧一脸没心没肺的样子，说说笑笑，嘻嘻哈哈。只是，在离场的时候，才会感觉到那种排山倒海似的孤独，我说不出口。

甚至，也有过这样的瞬间，我趴在床上，用被子捂着头，我真希望我能哭一场，然后跟往事断然分手。可是依旧哭不出来。我开始试图找个人，诉诉苦。可约到的人，却在不住地说着她的不如意，我开始善罢甘休。

那么多的悲伤没有出口，是件很麻烦的事情，就在我不知道自己还能扛多久的时候，看到一个要好的姐姐发在杂志上的一篇文章——示弱，是一种权利。

她在文章的结尾说："如果撑不住就示弱吧，天不会因为你的临时缺席而塌下来的。"

在看到这句话的时候，我像是受了某种鼓励和慰藉，突然地就哭出来了，眼泪一滴接着一滴，像断了线的珠子。那些眼泪帮我冲洗着伤口，冲淡着疼痛，于是，心，开始变得轻松。

临了，我打电话给最要好的朋友，说："其实这么久，我心里真的很苦。我没有你们想象的那么坚强，那么快乐，那么无所顾虑。"她说："我懂，很多次，想过要安慰你的，只是，你不留缝隙给我，你一直穿着铠甲，但别忘了，忧伤也会发霉的。"

也是从那次之后，我学会了倾诉，学会了示弱，学会了把自己无法应付的事情交由别人去做。因为，我知道了，我从来都不是伟人，也不是圣者。

我想，我的朋友们之所以一直需要我，那是因为，他们需要我身上快乐阳光的因子，而这些，我自己也是需要的，却没有人能一直一直地给我，而自己，也忘了给自己一些。那么，就讨要吧，要一些关心和慰藉，不为过。

没有哪个人会因为你的脆弱和示弱而耻笑你，像蝴蝶飞不过沧海，不会有谁忍心埋怨。

示弱，在生命中，是一种必需。因为，总会有些不可预测的事，自己扛不起，那就找些人，一起担着。

105. 渐行渐远的想念——想念还是想要

女人说想，大多是想念，从心里生出来的剪不断的思绪，可男人的想就要另当别论，他们大多，只是想要，数十分钟便能处理周全。也因此，曲解了一个字，会把一种欲望曲解成爱情。这样，你不吃亏，谁来上当？

曾经和我约会的男人跟我讲过这样一个故事，他说，很早以前，有一对恋人，他们深爱着对方，可是出于不可抗拒的原因，他们最终天各一方。当很多年过去以后，他们都老了，但岁月的流逝并没有削减他们内心的爱恋，老头一直想着老太太，而老太太也一直想着那个老头，只是，他们把这个秘密藏在心底，从不说给别人听。直到有一天，老头眼看着要撒手人寰，他把儿孙叫到床前，拿出一只小盒子，吩咐自己的后人说一定要找到那个老太太，让她把盒子打开，盒子里有样东西，她会看明白的。老人的儿孙按吩咐做了，可是等他们找到那个老太太家时，老太太也已经去世了，她同样留了一只盒子给自己的儿女，说某一天，有人来找她的时候，请他们把盒子拿给来的人看。

盒子里装着什么？彼时，我迫不及待地问。

那个讲故事的男人说，两个老人的儿女们当众打开了盒子，他们以为盒子里会装着什么定情信物，但其实，只有两张纸条，纸条上是一句话。

老头说："我想你了。"

老太太说："我也想你了。"

这是很早以前的人讲的很早以前的故事，我已经记不清讲故事人的模样，可我却总是被这个故事感动着，也常常讲给别人听。听我故事的人大多也会感动，而我们感动的无非是别人美丽的、坚贞的、有缘无分的爱情。

这样的爱情，我们要吗？要呀！可我们只要美丽坚贞，不要辛苦坚韧；我们要有始有终，不要有缘无分。所以，我们总是像挤末班车那样追赶着爱情，跟不同的男人重复同样的台词。“我想你了”，“我也想你了”。

很多时候，我们以为这样便是爱情了，也可能会被这样的对白感动得涕泪横流。可是，当我们蹚过了爱情这趟浑水，才发现，女人说想，往往情深意重，而男人说想却总是敷衍种种。或许，我的断言有些唐突，但很多从所谓爱情里空手而归的女人，哪个不懂？女人说想，大多是想念，从心里生出来的剪不断的思绪，可男人的想就要另当别论，他们大多，只是想要，数十分钟便能处理周全。也因此，曲解了一个字，会把一种欲望曲解成爱情。这样，你不吃亏，谁来上当？

和我相好的女友，听了如此言论，她说这绝对是个真理。因为她总是把做过的功课，还要再做错一回。我不想看她美丽又极其绝望的脸，只是清楚往往事发现场，很少有女人会做到头脑清醒。像我性感妩媚、美丽忧伤的女友，她漂亮的脸庞、洁白的躯体本来是用来等待爱情的，可她和不同的男人分分合合，把近十年的青春等没了，也没等来哪个男人有耐心愿意和她天长地久。

她说：“其实，直到现在，有时候我还会很想念某个人。”我说：“怎么想？”她说：“想和他相处的日子还有他的样子。”我说：“放心吧，他或许也会偶尔想起你的。”她说：“身子。”

然后，我们笑。她无奈地说：“或许从来就没有爱情？”我说：

"有，在故事里头。"

像我在文章开始讲给你听的故事，那么美的爱情，那么感人的表白，像酒，会醉人的。可现实里，被我们重复出来的对白，只是粮食，没有了一生的等待、牵挂和惦念，没有了真情感的酿造，它只能是粮食。女人用它喂饱自己的梦想，男人用它喂饱自己的欲望。而这种粮食，既泛滥又紧缺，却往往是吃了上顿没下顿，有的是吃不上，有的是不想吃。到头来，都是自欺欺人的把戏。

所以，下一次，当某个男人说他很想我的时候，我想问问他，是想念，还是想要？不过我想，我是得不到正确答案的。但我还是会继续玩追赶爱情的游戏，因为我相信，或许某一次，我会撞到好彩头——某个男人在说他想我的时候，真的只是很想念我。

106. 渐行渐远的渡船——凭什么要杂草裹脚

我就在河边坐着，那青苔不可能永远在，那河水也不可能永远涨，我等那些河水退了，等那些青苔都晒干了，我摇头摆尾地把它们过了如何？

和唐哲分手半年，我一直抑郁寡欢，齐娜和桃子便总会劝我，想开些，可我怎么能想得开？和唐哲在一个公司，上下级关系，而且尴尬的是我上他下。天天看他跟前台的女人——他的新女友眉来眼去的，我若能想开，是我有病。

齐娜和桃子也都和我们一大间办公室，她们看着都堵气，却硬是要劝我想开些，莫名其妙的。但好朋友是啥，就是宁愿自己心里憋屈也要让你畅快着的人。

劝导工作，当然是做得详尽细致。

譬如某天，桃子又是不避讳上班时间，在 MSN 上发了一则小故事过来。

说什么一个人坐在河边愁了大半天，却过不去面前河水尚不够深急的河面。有个孩子就来问了为什么，这人就说河里石头上全是青苔，很滑的，虽然河水不是很深很急，但只要踩上去，就会摔倒。孩子看看身边杂草，有了主意，帮那个人裹了些杂草在脚上，那人踩上青苔，就不滑了，那人很快地过了河。

桃子说："我的意思你也找点杂草，先把这难关过了。"

我智商还算不低，知道她所言之意，无非是随便找个人凑合，先把眼前这些不痛快全部转移了。

凭什么？我又不疯癫，感情上受了伤害，再把自个儿抛给一男人让他去占便宜？

"愚蠢女人才做的事情。"我回给桃子。

她很快回了几个字："无药可医。"

"我凭什么要杂草裹脚踉踉跄跄地硬要把这河给过了呢？"

我问桃子。

她说："因为你过去了，就快乐了。"

我说："你错了，我过去了别人就快乐了。"

桃子问："为什么？"

"你想想，首先是捡我便宜的男人，他肯定是快乐的，其次是给我伤害的男人，他也是快乐的，他把自己像块肉似的从我心上割走了，他肯定知道我是疼的，他没丁点愧疚我是不信的。他巴不得跟我说分手的下一刻，就有男人急不可耐地扑到我身边，把他从我心上割走的那块肉给补回去。

"我没义务让大伙都痛快着。"

桃子笑，说："病入膏肓了。"

我说："我就在河边坐着，那青苔不可能永远在，那河水也不可能永远涨，我等那些河水退了，等那些青苔都晒干了，我摇头摆尾地把它们过了如何？就算不能如此，我若有好运气，或许会有个船家，瞄上我还算青春靓丽，指不定摇船过来接我，那也不是没有可能的。"

桃子大喜，说了句很哲理的话："你已经过去了。"

我偷乐，回复过去："我也是刚才才过去的。"

107. 渐行渐远的本真——问爱，莫问路

在爱情里，不要问结果，不要问值得不值得。问问爱，问问心，它们想要什么就给它们什么。

国庆长假结束后，她回来，QQ 上第一句话就是："我又去北京了，去找他，走之前没有告诉你，怕你会指责，但是不说出来，我心里堵得慌。"

看她的留言，我震惊的同时，又有着小小的怜惜，哪舍得指责？如王菲在歌里唱的那样，像蝴蝶飞不过沧海，没有谁忍心责怪。

她是我的好朋友，我挺爱的那种，但凡有大小事，她总会说给我听，我会本着我自己的经历给她我认为还算不错的答复和建议。当然，时常也会有指责。所以，有时候，她也会背着我干一些先斩后奏的事情。

像一年前，她一个人悄悄飞去北京，跟单位请了三天假，来往花掉了一个月的薪水。只为见一个她喜欢的男孩，而对方在她去之

前就表现得异常淡漠。这件事，也是在她从北京回来后才告诉我的。

当时，我不住地骂她傻，她总是低头不语，后来我骂倦了，她开始发言，自己给自己安慰道，算了吧，就当是一场青春疯狂的游戏，留做记忆存下来也好。看她那像个小孩子，摔得满脸是泪还爬起来揉着膝盖自己跟自己说不疼不疼的样子，我也心软下来，安慰她的同时又提醒她，忘了过去，断了跟他的联系，不要再为不值得的人付出任何。

那时候，对于不成功的爱情，我只有一个态度，要么爱，要么分，哪来的牵牵绊绊？

她点头，一年之间，再没有跟我提起那个男孩子的任何事情。

而这一年里，我过得并不轻松，和深爱了三年的男人分了手，问题不出在我这里，是他第一个谢了幕。余音绕梁的海誓山盟，给不了我任何拯救。许多个无眠之夜，我一直在努力地做着一件事情：不许自己与他联系。像我当初教她的那样，断了过去，狠心绝情。

可是，我根本管不了自己也管不了他，手是分了，可来往的短信还是发着，他没有丝毫要回心转意的迹象，而我也一直不肯绝望。

将这些说给她听，她断然地帮我换了手机卡，说："别再联系了吧，别让我瞧不起你。"她的话像是给了我某种鼓励，好长一段时间，我克制着自己不去与他联系，但最终还是忍不住，往往是短信息发出去的下一刻马上就开始后悔。如此反复，换了四张手机卡，又统统告诉了他新号码。

当然，这些，我都没有说给她听。像她佯装得很果断从容那样，我也装得很像。而一年之后，我才知道，她，我，谁都没能放得下。而之所以装得很像，是因为我们在用我们的方式给自己和对方以解释。

所以，当我得知她再一次去了北京后，我根本舍不得指责任何。

我们都是飞不过沧海的那只蝴蝶，又何必自己委屈自己？所以，在回复框里留下这样的字句：“想去就去，想爱就爱吧，爱情有时本来就是一个人的事情，别苦了自己。”

之所以这样说，是因为一年间，我太熟知那种克制的痛楚，明明想了，明明念了，明明整个晚上都在不住地编辑清除同一条短信，却硬生生不肯发送出去，硬生生装作心无痛痒，何必？

倒不如把你想说的话都说出来，想做的事都做出来，不去管对方值不值得，不去管这份爱恋会否有结果，会否有转机……因为，顺从内心，人会活得更轻松一些。

生活本来已经很不容易了，我们没有必要再自己跟自己过不去，别人已经伤害到你了，而你再回过头来整治自己，这是傻子才会干的事情。别跟我谈什么面子问题，更不要担心会被某某看不起，如果活着仅仅是为了这两样，那么活着便也失去了它本真的意义。

所以，请不要总是去向自己提问，这样做值得不值得？这样做我们的故事会不会有转机？这样做会不会被人瞧不起？这样过多的思虑只会让人更受折磨。

你要做的是，问问内心，问问爱，它们想要什么，就给它们什么。

108. 渐行渐远的温馨——一克拉爱情多少钱

一个哲人带一个大人和一个孩子去一个废弃的庄园，哲人问他们分别看到了什么，孩子说看到了参天的树和杂草间的花，而大人说只看到了废弃的房屋和坍塌了的墙。那么，你呢？

钱和爱情打了几千年仗也没分得出个输赢，而我也同样没能逃过这场是非之争。

先是谈了三年恋爱的女友在婚前暗示我买钻石婚戒给她，后来是撒娇明示，继而是哭闹耍泼地强索。我一直没有买，不是因为我没有心理准备和金钱，而是因为我有我的逻辑。

从小到大，我就喜好占便宜，只做我喜欢做的事情，譬如赠人物品，我也要做得我愿意。我心甘情愿送人东西，在赠送的过程里我收获喜悦，我会觉得我占了便宜，但倘若有人向我强行索要什么，即便我有能力有精力给，我也会觉得我吃了大亏。我不是丈二和尚，我还摸得着头脑，至少我很清楚地知道，怎样做，我会快乐，怎样做，我会不快乐。

其实，在谈及婚嫁之初，我就留了一笔钱，并且亲自转了几个商场，挑好了一枚很漂亮的钻戒，想在结婚的那天，套在她左手的无名指上，因为有人说，那里的血脉离心脏最近。

在这里，我需要跟你说明的是，我不但喜欢占便宜，我还有浪漫的嗜好，我不想我与她的点滴有任何的瑕疵，可她不干。

其实，从她一开始暗示我的时候，我心里便觉得有些不舒坦，我希望她能停下来，就此收手，可是她没有一点儿投降的意思，我也想过退步，逗她玩玩再买给她，可是她一招接着一招，我连停下来喘气的时间都没有，心便开始跟着变凉，到后来眼睁睁看着她撕了结婚照，又砸了我们一起买回来的鱼缸。鱼、水草，还有鱼食和鱼的排泄物……将我们的结婚照碎片泡得不成样子。不过那家影楼的技术还算过关，我从那些被浸泡的碎片上还能看清她微笑的嘴角和穿着礼服的我。

那天夜里，我一直没睡着。第二天清早，我便出门，办了两件事情，一是去那家商场花 4863 元钱买下了我相中的那枚戒指给她，然后走亲访友，索回了我们的大红请帖。

一切要结束，其实也就这么简单，管你付出了三年、十年、一生的精力，完结从来都只是个瞬间。

之后的那些日子，我妈我爸，亲戚朋友，轮番上阵，循循善诱。她也会在很深的夜里打电话过来，不做声，我却听得到她轻微的哽咽声。这一切都让我无动于衷，但并不代表心不疼。其实，也不过是私下里的小纷争，我却固执地钻了牛角尖，谁叫都不出来。

其实，我也没准备一直待到牛角尖里，我只是想冷静下来算一笔账，三年的爱情有多重？值多少克拉多少钱？而一枚钻戒不过四千多元，哪一个更重？

说这些不是我小气，请尊重我作为男人的完美主义。我用一枚钻戒，结束了这场爱情，是因为我看到它像那些撕碎的照片一样粘不回原来的模样。而我之前爱过的她，因为一枚小小的钻戒丢了我对她的爱情，我想，她是吃了大亏的，而我好像也没占便宜，但至少，这样做，我愿意。

或许，我的换算逻辑有偏差，那么，请你告诉我，一克拉爱情值多少钱？而看文章的人，请你暂停三五分钟，检查一下，你是否正在毁灭一场有预谋的浪漫？

记得在一篇文章里看到过这样一段话：一个哲人带一个大人和一个孩子去一个废弃的庄园，哲人问他们分别看到了什么，孩子说看到了参天的树和杂草间的花，而大人只看到了废弃的房屋和坍塌了的墙。那么，你呢？你看到的是大人的小气和舍不得，还是那些渗透于生命里的温馨点滴呢？

109. 渐行渐远的美好——回头不是草

他用看一个孩子般关切的眼神望着她，微笑着说："令我回头的不是草，是你曾经给过我的那些好，它们将你给的伤害都淡化掉了。"

雨很大，路边稚嫩的女孩用身体护着一盆草艰难地往前走着。她有些不解，走上去询问。

女孩告诉她，这种草叫回头草，将它养在家里，细心呵护，然后对着草默念走掉的那个人的名字，他（她）就会回来。女孩说这种草挺灵验的。她听罢，怔在原地。

她早已经过了信奉童话的年纪，却还是抱回了几大盆回头草养在阳台上，呵护备至。工作之余，她会跟草讲那个被她爱过也爱过她，之后在她眼里一无是处，被她气走，又被她想念的那个男人。

爱了，倦了，淡了，散了。在经历了这样一套程序后，她才发现，往事已成一件透明的容器，她总是能隔了那么多的时光望回从前，望见往事里的他，和她自己。他们，曾经，也那么好。她开始检讨她的淡漠和坏脾气，却似乎皆于事无补。她隐隐明白，婚姻的功效就是让美丽的爱情不再美好，可是，每个爱情里的人却都想要这样一个容器。

回头草被她养得很茁壮，她却依然没有他的消息，却也不曾放弃。当回头草养满整个阳台的时候他果然回来了，她欣喜得说不出话也掉不出眼泪。不究谁是谁非，日子又开始继续，却竟然也有了最初时的柔情蜜意。

她觉得，有些事情是必须得相信的，譬如回头草的传说。然而，一场意外的大火却使那些回头草瞬间化为乌有。她整日惶惶，草木皆兵。回头草没了，他会否再次离开？当这个问题被她问出来的时候，他用看一个孩子般关切的眼神望着她，微笑着说："令我回头的不是草，是你曾经给过我的那些好，它们将你给的伤害都淡化掉了。"

那个下午橙色的阳光很暖和，她偎在他的怀里笑出眼泪。

赠人花朵手留余香，赠人的好是一张无限期的返程车票，你赠出这样的车票了吗？

110. 渐行渐远的低调——人情若酷暑，晒伤自负

再说了，感情是那么珍贵，隐私，不可多得的东西。它们像最醇香的美酒，捂不严了，真的会挥发掉的。谁都懂，陈年的美酒是酿出来的，不是晾出来的。

有句歌唱道："你是幸福的，我就是快乐的。"

究其究竟，真的是那样吗？确切的答案是，NO！

这世界上只有两个人是真心希望你过得幸福的，一个是母亲，一个是父亲。但这两个人在你的生活圈子里，仅从票数来讲，也只占了微乎其微的两张，所以，他们的态度左右不了这个结果，YES，没有人真的希望你比他过得更幸福一点儿的。

这叫什么？人情世故。

你可以说这四字一句纯属扯淡，没错，你个性、不羁、超脱、随性。可又能怎么样呢？你这样，不代表别人也能这样，要知道，

你再怎么能打善斗，七十二变，最终你只是只猴子，而这四字一句的纯属扯淡，就是如来佛的那手掌心，你挣不脱。除非你从地球上消失，你可以说供你选择的星球很多，但只要你还站在这地面上，你还呼吸着这空气，喝着这地上的水，那么，你入了这个乡，就得随了这个乡的俗。

老祖宗经管了几千年都变不了的东西，你别想把它怎么着。

所以，低调做人，严守中庸之道才是王道。相信枪打出头鸟的道理谁都懂，咱幸福了就幸福了，那是上天眷顾，自个儿偷着乐吧，犯不着哪哪儿地都摆着，只为赚点吆喝，要知道就算有吆喝，也都是过街老鼠人人喊打似的，别指望有好。

为什么？因为在下理解，人情似酷暑，请君晒伤自负。你不怕晒也行，可是你再怎么着也犯不着拿自个儿的开心来给大伙添堵。

试想一下，和你一样的，比你优秀的人太多了，凭什么就你比他们幸福？相信很多方面你对自己也有过这样的责问，结果是什么？无非是满得快要溢出来的嫉妒，你绝不会看到别人在某一方面比自己好，你就会双手合十为他祝福，有病。所以你要追，你要赶，你恨不能把他们拥有的东西都抢过来。

所以无形中，你也给自己招揽了一大批挖墙角的高手，因为好东西大家都想要，如果持续显摆，总有一天，你会知道欲哭无泪是什么滋味。

再说了，感情是那么珍贵、隐私、不可多得的东西。它们像最醇香的美酒，捂不严了，真的会挥发掉的。谁都懂，陈年的美酒是酿出来的，不是晾出来的。

再者说了，在你们没有遇见之前，或者在你们分开之后，你们还要经历其他的人和事，那一番晾晒不仅会让你觉得触目惊心或伤寒胃疼，或许不经意的时候，它也会像把双刃剑，伤到别人又伤己。

所以，还是套用一句儿歌的歌词，如果感到幸福的话你就拍手跺脚吧，千万别出来显摆了。

111. 渐行渐远的贤淑——水煮男人，要不得

这样的女人虽然一直手无寸铁，一副让人生怜的小模小样，但实则阴谋算尽，然后只用一招美人落泪，便赢了一切，爱情、财物、权位、欲望。

据我所知，大多数男人都喜欢娇小柔弱的女人，因为和这样的女人在一起，男人才会被衬托得更像个男人。而这类女人，大多一副弱不禁风的模样，遇到个风吹草动，便梨花带雨地寻求帮助。这时候，男人再怎么胆怯脆弱，或者精力不支，财力不足，都要雄赳赳气昂昂地装出一副英雄相。

因为这样子，才像个男人。而像个男人，是很多男人最大的享受，因为他们骨子里缺了这些东西，所以带着自卑渴望着某一种成全。

这些女人，既聪明，又阴毒。在与男人的战争里，她们虽然一直手无寸铁，一副让人生怜的小模小样，但实则阴谋算尽，只用一招美人落泪，便赢了一切，爱情、财物、权位……

我是实在不喜欢这种动辄泪落成行的女人，我觉得真正的好女人是那种懂得隐忍，也懂得爆发的女人。如果我身边的女人，动不动就想拿泪水把我煮化了，那几乎是不可能的事情。虽然我也很渴望让别人觉得我是个不折不扣的大男人，可是回头想想，无论从严格的医学方面去辨别，还是从户口本上的性别一栏去分析，我是个

男人那是确定无疑的事情。那么，我又何必苦费心思地让别人觉得，我是个男人呢？

当然，我也清楚，此男人，非彼男人。但概念化的东西，有时候是完全可以模糊处之的。更何况，我觉得为人对得起天地良心，对得起父母双亲、妻儿子女、亲戚朋友就行了。

可是，一个跟我住同一个小区的男人，却不这么想。他是我的好哥们，三十多岁，事业有成，是女人眼里一枝花的男人。应酬中他结识了一个大学刚毕业的年轻女孩。这个女孩我见过，娇娇小小的，一脸可怜相，很少言语，我听她说的话比见她掉的眼泪还少。但硬是这个女孩，却搅得我哥们妻离子散，事业败落。女孩也抽身而退，但她带走的是她可能努力一生也买不起的汽车和房子。

有一次偶然遇到她，她还一副特关心的样子问起我的朋友，说着又要掉眼泪的样子。我寒暄了两句便转身离开了。我说过，我怕这样的女人。或许在别人眼里，她是不具任何攻击性和伤害性的，但她却做了让人觉得与她的形象相差太远的事情。

她没有武器，只有眼泪。

说到这里，你可能也要骂我哥们活该，罪有应得。他确实罪有应得。放着同甘共苦的妻子不好好珍惜，放着可爱的儿子不承担责任，放着好好的家庭事业不去经营，却心甘情愿地输给了一个看似弱不禁风的女人。

原因是什么？如果说是因为女人会哭，我想这个原因有些分量不足，那么，另一个原因就是我哥们对她的爱了。如果一个男人不爱一个女人，那么，即使你拿成吨的自来水泡他，也泡不化的。可是爱了，便在乎了，在乎了便不舍得她受任何伤害。这时候女人如果不识羞，再拿眼泪来煮男人，那么，大多数男人都会丢了立场和原则的。

很多贪官落马，不是有着类似的经历吗？

所以，真心地奉劝无论抱着何种目的的女人，请不要再用泪水去煮泡男人了，因为你用泪水得到了什么，男人就会因为你的泪水失去什么。这是一场无声的战争，男人大多会输。

112. 渐行渐远的自愈——失恋不如跳舞

我们之所以敢承认自己失恋而非心死，那是因为我们潜意识里太清楚爱情是个什么东西，我们清楚它走了还会回来，我们对爱情还心存期待，那么失恋不如跳舞。

QQ上年轻的女子突然跳将上来跟我说：“姐姐，我失恋了，心情糟糕透顶，陪我聊会儿吧。”我说：“你去跳舞吧。”她迟疑良久，问道：“你不会是让我跳楼吧？”我说：“我说的是跳舞。跳楼这样的事情，哪是我辈敢奢望的？敢有此举的人，不是神仙就是疯子。”

说罢良久，女孩再无言语，我却开始对着电脑屏幕发怔。我在想象用什么来比喻失恋更为恰当，后来我就想到了最为恰当的一种。我觉得失恋很像是谋杀，不同之处在于，前者死的是心，后者死的是人。

当我们承认自己失恋的时候，也就是说，我们知道自己受了伤，知道了伤自己的人姓甚名谁家住何方。劝自己就此罢休也罢，或者鼓动自己君子报仇也行。总之，思维在这里代表了活着。心还活着，那说明伤得不重。你可以怀疑我落井下石，也可以鄙视我毫无怜悯之心，但我知道我说的是实情。

这就好比一场谋杀，来者要你性命，婉转迂回之际，已将你的致命处查看得一清二楚，然后拔剑出招，你非死即伤。如果你不幸死了，那就一了百了，你不情愿，也没办法，但你若伤得不重，你定知道伤你者何人，其用何招数。余下日月，敬而远之也好，君子报仇也罢，你还活着，就有一切希望，你怕什么？

这便是我一口咬定你伤得不重的道理，很好懂。

但有一点，我们都得明白，心伤和身伤又不是一码事，这时候的心要比身体更忙碌一些。受伤的身体只要治疗休养便会得以康复，而伤了的心则不同。心不如身体那样识得好歹，它被某人伤成碎块，而那些碎块天生就不安分，它们不会一心借机调养，而是各自为王，自作主张。于是，想念、仇恨、愧疚、委屈……总之，那些碎块纷纷扰扰，凌乱不堪又极其井井有条。也于是，你开始疲惫，流泪，糟糕透顶。

这很像是大街上随手抄张印了字的纸都能看到的爱情故事，你的心便是这故事的主角，主角永远是年轻貌美的柔弱女子，只是，最不该的是，她深爱着她的仇人。于是，百转千回，千回百转，劳财伤命，伤神费力，又何必？

况且，这一切，伤你的人不会知道，而别人也并不是特别愿意知道。坏情绪是会传染的，这是谁都明白的道理，人生苦短，谁不愿意得快乐处且快乐呢？

也许会有好心的人伴你左右，任你将这种坏情绪肆意传染，要我说，他们不是“为虎作伥”，便是“助纣为虐”。哪一样都不值得你感动。

我也是吃过爱情的苦的，打小的时候我妈就说过：“良药苦口利于病。我识不得几个字，但我懂是人就能说得出的道理。只要有利，苦又何妨。”只是这“利”百人会看出百个样来，或许更多的人根本什么也看不到。

我与你一样，我不喜欢死亡，无论身心哪一样，我喜欢看到它们都活蹦乱跳地活着。当然，我很难保证不让它们受伤，但我知道，如果它们伤得不重的话，庆幸之余是不会让它们太过忙碌的。身伤治疗，心伤调养。再怎么多的想法都是徒劳，倒不如安闲一些更好。

譬如失恋，用那么大好的青春坐在时光的暗角里苦思冥想，或者耿耿于怀并不是什么好事情，心情糟糕也更是于事无补。倒不如脱掉鞋袜，来一场独舞，或者去迪吧，和陌生的男女一起热舞。这样一则运动减肥，二则可以释放怨气。我一直固执地认为，眼泪和汗水是同一种液体，因为它们都是咸的。那与其夜夜泪落，倒不如一次性将这些腥咸的东西排放干净。

接下来，你便可以轻装上阵了，像歌里唱的那样，期待更好的人到来，期待更美的人到来。不要怀疑我只是说得轻巧，事实如此。而那些被某人伤成碎块的心，就由它们去吧，它们像极了小人物，经不得半点关注，你不去关注它们，它们便没有了折腾的心劲儿。自生自灭里，它们会主动选择愈合的。

其实，我最想告诉你的是，不要拿时间用来悲伤，虽然我们同样年轻、敏感、柔弱又极富韧性，但我们活着就不应该有一直不快乐的理由。我们之所以敢承认自己失恋而非心死，那是因为我们潜意识里太清楚爱情是个什么东西，我们清楚它走了还会回来，我们对爱情还心存期待，那么失恋不如跳舞，你翩然舞过的瞬间，也可能会有王子出现，那又为何不快乐一点儿呢？

113．渐行渐远的自己——不贴标签行吗

很多时候，当一些人接近你，他们并不想知道你是谁的谁谁谁，他们只是想知道你是谁。

瓶装水有标签，毛衣有标签，灯泡有标签……越来越多的东西，开始有越来越多的标签，于是，本来简单的一样东西，被贴上许多不同的标签后就成了更多不一样的东西了。如果标签只是用在这里，那倒真是件好事，它们可以帮助我们一目了然地找到自己想要的东西，并且根据以往经验择优弃劣。标签在这里，是一种手段。

可让人很难理解的是，非交易产品的人也开始有了一系列的标签。某公司的A，某单位的B，某集团的C，某机构的D……一场简单的聚会，一些不相熟的人，本来只报家门都够让人记上一阵子的，可硬生生要给三两个字的名字前头加上一长串的标签。如果说这是工作之需，那么，在非工作场合是大可不必的。这一点倒是可以原谅，也许人家不小心把职业上的习惯习惯到生活上来了。这种标签的贴法虽然有时候不必要，但人家至少是正牌产品，名副其实。

再有一些人，就实在不敢恭维了。说俗点就是好东西贴上烂标签，或者假冒伪劣产品贴上了好标签。

上次，一个业余的摄影大赛，我被揪去当评委，有一个女孩的作品，那叫一个好呀，后来有幸见到作者本人，其竟然也生得浓眉大眼，水清水灵，可后来的闲谈却让我顿时觉得大煞风景。客是我请的，在一间小酒吧，本来是想和她聊聊创作的感想，可谁想，那女子握一杯酒，极其不屑地说她本来只是拍着玩的，可某某人硬是

要让她参赛，还为此资助了大赛筹委会多少钱等等此类。说实话，我当即就有让她买单的冲动。女子说这些话时口气暧昧，我知道她是在给自己贴标签，但她提到的某某人的大名着实是吓着我了，我们那个小城的人，谁不知道他？谁不知道他情妇遍天下？

后来，在对那幅作品进行评点时，我弃权了。其实平心而论，作者和作品都不错，可是被贴上了一个乱七八糟的标签，一下子就不值钱了。我一向很尊重别人的隐私，很尊重别人的生活方式。可是此类人等能否也尊重一下大伙儿的心理承受力？即便你真的是某人的妻，某人的妾，也没必要满大街地去嚷嚷，因为，某些时候，你只是独立的你自己。

说到这里，想起初参加工作时的一个同事，其刚到单位便声名鹊起，单位上下没人不知道他是某某省，某某市，某某市长的公子，而这位公子也真有公子的嚣张相。我是那种见了校长都腿软的人，可硬生生让我坐到市长公子的对面，那些时日，可真是苦了我了。后来有幸掉换了办公室，便也有条件对某某公子敬而远之了。再后来的一天，去公子办公室的复印机上印材料，恰逢公子不在，而电话却连接不断地响起，于是我便接了。对方是个老人，当得知他要找的那位公子不在的时候，便很客气地请我转告公子，他是公子的父亲，他们镇子上盖了些门市房，他想买一间开个小商店，如果公子有余钱，让寄回去一些交房钱。这句话被转告了以后，我再不躲着公子了，轮到他躲我了，但我一直没告诉别人他爸不是市长。

地球这么大，人这么多，处心积虑地去给自己贴那么多的标签，让别人记着你又有什么意义呢？很多时候，当一些人接近你，他们并不想知道你是谁的谁谁谁，他们只是想知道你是谁。

114. 渐行渐远的真实——请不要给本来加上可是

我就是疯了，我被假象安慰了很多年，现在我疲倦了这样的一切。事实教会我这样一个真理——隔手的金子不如到手的铜。我需要真实的东西——礼物、言语、心……即便它们不甚完美。

本来我的二十八岁应该是快乐的，可是我遇到的人他们都不成全我。

那些人，他们都说，他们本来挺喜欢我的。他们喜欢和我用同样的语法造句，他们大多会在本来后头加上可是，所以，所有的故事，便都没有了结局。

所以，二十八岁，我不会再为任何一个人，任何一个本来并不存在的事实所感激。

从小到大，我就养就了这一副臭脾气，我可以被打，被骂，不可以被欺骗，被委屈。我喜欢明晃晃的一切，不喜欢计谋。但这并不代表我精明或者英明。成长所要经历的一切，我都在经历着，而那些听过的本来……可是……的转折句也总是记忆犹新。

还不是很老的时候，总是以自己的见解去分析这样的措辞。如果有一个男人说，“本来我是要买花给你的，可是路上没找到花店”。那么，我定然相信他是想买花给我的，那时的心情，也仿佛是已经受了别人鲜花之礼似的快乐着。而关于可是的后半句，我亦会信以为真，即便我很清楚地知道，他路过的那条街花店林立，我也总是会找个借口给他，譬如车子太快，他没有看到，或者花店在他路过的时候都关门了。

那时候，我总是被自己说服，吃了很多苦。

那些年，我一直等一个人，他敢给本来后面不加上可是。但这样的人，我一直没有等到。

二十八岁，终于有不嫌我老的人愿意为我尽些殷勤。

雨天，他说本来要带我去游乐场的，可是下雨了。我说，我就是喜欢雨天去游乐场呀。后来两个人淋得落汤鸡一样。

生日，他说“我本来想送你一枝水晶玫瑰的，可是商场里没有”。我说我知道有一家商场有，便拉着他去买了回来，价格不菲。男人的脸不好看。

假日，他说“我本来想带你去云南玩一圈的，可是领导让加班，实在无奈”。我挂了那个男人的电话，便又将电话打到了他单位，找到了他的顶头上司，替他请了假。

云南自是没有去成，他很恼怒地说我是疯了。我就是疯了，我被假象安慰了很多年，现在我疲倦了这样的一切。事实教会我这样一个真理——隔手的金子不如到手的铜。我需要真实的东西——礼物、言语、心……即便它们不甚完美。

那个男人最终落荒而逃，他说，本来他挺喜欢我的，可是我有些太不可理喻。

我请那个男人吃了最后的晚餐，我说我本来以为他与众不同的，可是他还是没脱了俗。

他问我什么意思，我说他不懂。

“本来……可是……”或许只是男人的口头用语，有比我年轻的女子会相信的，可我已经过了可以相信这些的年纪。所以，我不希望我遇到的下一个男人再跟我说同样的话。或许，是我自己变得越来越不可理喻吧。

我越来越讨厌有人跟我用言语建造一个很美但事实不存在的真

相，哪怕他能给出许多可以说服我的理由，我都劝告自己，不要再上当。我倒宁肯听到一个男人这样跟我说："我对谁也动不了真心了，我对你好，只是想和你玩玩。"那样，我会很开心地陪他玩一场，至少他是真实的。

二十八岁的女子，大多双目澄明，遇到这样女子的男人，大可不必再苦费心思地用"本来……可是……"去造句了。大家都很忙，谁会忍心看你眼睁睁浪费时间呢？如果有人还要一意孤行，那你有太大被揭穿的可能。

115. 渐行渐远的激情——爱情在于折腾

风平浪静细水长流的，从来都不是爱情。真正的爱情在于，一次一次，不遗余力，绞尽脑汁，费尽思量，变着戏法地——折腾。

某女与热恋男友因鸡毛蒜皮的小事争吵，然后冒雨夜奔，投宿我处。

看某女梨花带雨地哭，我急忙挑了干净的衣服让她去洗漱换上，又去熬了姜汁可乐给她喝，却不曾说安慰的话。心里却有着酸酸甜甜的羡慕。

不是我冷血，不懂人情世故，我只是觉得，更应该被安慰的那个人是我。

早过了喜欢折腾的年纪，把爱情爱得风平浪静。没有波折，没有委屈，更没有加了倍付了息的欣喜。

某女就不同，洗了澡，换了干净的衣服，又喝了滚烫的姜汁可乐，脸上的颜色便好了许多。然后，一边跟我数落男友的不是，一边不停地把玩着手机。

这几乎是个千篇一律的程序，我是说在恋爱里头。

不一会儿，某男便把电话打了过来，某女看看号码，一脸与君此后不相逢的狠心。挂了再打，打了再挂，后来，便听到某男在楼下的呼唤声。

某女比我跑得快，早早趴在窗口上，看某男在楼下淋着雨的痴狂劲儿，阴谋得逞地笑着。

这一切，都没有出乎我的意料，后来，在窗口上看某女撑着伞下楼，偎着男友离开。有一股想要下楼揪住他们算账的嫉妒感。

其实，好多年前，我又何尝不是如此呢？

一次一次，不遗余力，绞尽脑汁，变着戏法地折腾，其实唯一的目的就是想证实，身边人，他还爱着我。当然，这样的证实，从来都会得到好答案。

现在想想，那会儿还是太富有。铁定了这个人离不开我，爱我爱得走火入魔，但还是不放心，便一次次折腾，临了，得到了证实。证明我确实很富有，于是，便一边富有着，一边怀疑着。

到最终修得正果，却立马变成怯生生的模样，开始贫穷。像是一笔买卖，一次性付了款，却要等对方按揭付现。不怕，是说不过去的。

于是，开始耐下性子对他好。丁丁点点，再不敢生丝毫是非。生怕有一天，他会像其他男人那样，捶捶头，一句累了，便一刀两断。

于是便这样，把欲擒故纵的伎俩学到最好。却发现，身边的人，他并不想跑掉。有些计谋失算的失落感，但心也放了下来，一日三餐的烟火生活，却也平淡到没有味道。

实在闲得无聊，也想过再折腾几把，可是看看身份证上的出生日期，看看镜子里眼角上的皱纹，便不由自主地想要偃旗息鼓。老了，再折腾，会被人笑话。好心人可能只会指责你不懂事，多事的人指不定要给你编多少纷争起因出来。免了，免了，折腾不起了。于是低下头，风平浪静，把每一天和前一天过得几乎没什么两样。

就这样，让自己在别人眼里成就了一个名副其实的贤妻良母，可真正被我过着的生活，是我想要的吗？回答是艰难的，几乎没有答案。

人是我爱的，日子是平静的。挑不出毛病，却又似乎有太多隐疾。纪念日还过着，礼物还送着，例行公事似的问候关心，都有着，却偏偏没了那股子激情。

开始有些怕，开始特别想念还有精力还有心力折腾的那会儿。像某男和某女在这个雨夜里的小话剧，台词不多，可心理上的变化和感受有多丰富，也只有能折腾的人才清楚。

于是，恶狠狠地下了毒咒，以后不管别人用哪只眼看我，不管日子过得多平静，都要隔段时间就折腾一把。因为爱情像药，没灾没病的时候，吃不上口的，吃了也观不到疗效。倒不如隔段时间生些事出来，让爱情总是走不远就折回来。

这样做，这样说，似乎是有些不厚道的。但真正的爱情，何尝不是折腾出来的？要让别人觉得你重要，觉得你不可或缺，这些，风平浪静的日子是做不到的。但折腾要有度，给爱情提个醒便足够。

116. 渐行渐远的火候——幸福就是做一味药

其实很多时候很多人，爱了，淡了，倦了，散了。就好似大夫开出的一个个处方，虽然并不是所有的处方都是对症下药的，但总有那么一味药是某一种顽疾的良方。

他说她的绿色玻璃雨衣像一只瓶，又注了一句："药瓶。"她以为他在嘲讽她的孱弱，而他又附耳加了一句："你就是医我的药。"

这是张爱玲在《倾城之恋》里的一段描写。

旧日的香港，烟雨码头。一个富家公子，一个离异的女人。他来接她，他说那样的话。天知道那一刻她有多幸福。

喜欢极了张爱玲，因为她的文字像丁香花末子熏出的旧绸缎上隐约的纹，只浅浅的一句便总是能挑起人心底暗结的疤。如果我爱的男人也跟我说同样的话，我会当做一个承诺去消受的，只是他没说，他转身走开了。原来幸福就是做一味药，为红尘里的某一个人，医他的相思，救他的心。

他是富商的后裔，"他把女人看成是脚下的泥"。她是离婚的女子，胭脂红唇，走投无路。他与她的妹妹相亲却居然爱上了她，不能说这不是一个奇迹。他第一次见到她之后就暗地里安排她来香港，他陪她登山，他陪她看海。她也喜欢上了他，但是他们谁都不说话。之后，她回娘家，"只一个秋天，她已老了两年"。这是她第二次来香港他接她时说的话。我无法知道在那样的一个日子，这一句略带调侃的表白会让两个想念着的人有多么多么幸福。

后来战乱时期她的担心也正如这几句："一个人仿佛有了两个身

体，也就蒙了双重的危险，一颗子弹打不中她，还许打中他……也没有孤身一人死得干净……她只有他了，而他也只有她。”我想，以后的整个人生也应如此了。他们只有彼此。所以，战后的婚姻就成了理所应当，她没有不嫁的道理。

其实很多时候很多人，爱了，淡了，倦了，散了。就好似大夫开出的一个个处方，虽然并不是所有的处方都是对症下药的，但总有那么一味药是某一种顽疾的良方。那么，天大的幸福也就是做这样一味药了，当然了，你要医治的那个男人，他最好附耳又加了一句：“你就是医我的药。”

117. 渐行渐远的宽容
——不是每一个男人都不想回家

那些女人忽略了，一个家是有两道门的，而女人们往往只守着其中的一道门在等男人回家。她们可能无形中已经锁上了另一道门，可这些女人不自知。

我的男朋友很多，我的女朋友也很多。我的女朋友都是我男朋友的妻子。我的男朋友们会在任何时候找我，但我的女朋友们只在不开心的时候，才会来找我。她们来找我的时候，永远会带着同样的一个问题，那就是，她们的丈夫上哪儿去了，他为什么不回家。

我的女朋友们之所以总是会轻车熟路地来找我，那是因为她们清楚，我很了解她们的丈夫。是的，作为男人，我甚至比我的女朋友们更了解她们的丈夫。我很清楚我的这些男朋友不回家的理由和原因，但我更清楚，并不是每一个男人都不想回家。只是家里的女人们把门锁了，把钥匙扔了，男人们回不去了。

我像一位哲学家一样把这些话告诉给我的那些女朋友的时候，她们会很疑惑地说，“我并没有锁门呀”。是的，她们有可能没有锁家里的门，她们即便是锁了，男人也有钥匙，只要是想回去，他们会自己拿钥匙开门的。但那些女人忽略了，一个家是有两道门的，而女人们往往只守着其中的一道门在等男人回家。她们可能无形中已经锁上了另一道门，可这些女人不自知。

这样说，似乎有些复杂，那么就简单一些吧。我所说的两道门，一道是真正的家门，另一道，便是心门了。

虽然说，一对家里的夫妻，名义上他们是一体的，但实质上，每一个人都是一个独立的个体，无论他们是夫妻或者亲人。在写下这句话的时候，我想到了一个非常恰当的比喻。我觉得亲人之间的关系很像是一套居所里的两个卧室的感觉，平等、并列。而夫妻则不同，夫妻之间的关系如果也要用居所来比喻的话，他们很像是客厅和卧室的感觉。他们虽然也是平等的，但他们是相连的，他们之间只有一道门。这便是我说的心门了。

很多女人在恋爱的时候，都会想尽办法让心门洞开着，因为她可以从开着的门里传递自己的很多信息让男人知道，同时，她也希望能从这道门里收集更多男人的信息进来。那时候的交往，是没有谁愿意让对方等待的。可是，当恋爱过渡到婚姻以后，这种感觉就变了。

也许，女人和男人之间的那道心门依然洞开着，但这时候的女人在传递信息的时候就会有所保留了。她们会把宽容和体谅扣留下来，把那些牢骚和埋怨统统地传送出去。而女人的接收系统也会在这时候产生故障，她们从那道门里接收到的男人的信息仿佛永远都只能令她们心情不好，脾气更暴躁。

女人是男人的镜子，男人从女人的反应里看到了自己的不好，虽然他们内心里认为自己很好。这些内心里认为自己很好的男人，便开始回避那种镜子里的不好。男人这样的反应只能令女人的心情更加不好，脾气更加暴躁。于是，女人便把门锁起来了。有耐心的男人会管女人讨要钥匙，把门再打开。但女人干脆把钥匙也扔了。她们以为男人会找到钥匙来开门的，但事实是，谁的耐心都会有个极限的。于是，男人回不去了；于是，女人开始埋怨。

女人在自己的寻找、怀疑和埋怨里声泪俱下，男人则守着一大堆的无奈有家难归。于是，男人和女人都开始悲哀，开始怀疑曾经是否真的爱过。很多人在悲哀后找到了曾经的真爱，而很多人则在悲哀中家破人散。

后者是我们都不期望发生的事情，但它一直在我们周围发生。所以，奉劝那些关了心门的女人，找到那把被自己丢弃的钥匙吧，把心门打开，你和你要等的那个男人间只有一道门的，门开了，你会看到你心爱的男人一直等在门外，因为毕竟不是每一个男人都不想回家。他们之所以流浪，是因为他们想要的宽容、安慰、体谅和理解，他们没有得到。

118. 渐行渐远的英雄——死也不自杀

比起成全卑微的爱情，自杀轻得像一粒落都落不下来的尘土。

这个冬天快完的时候，要好的女友跳楼自杀了。原因很简单，她在自己的爱情里看不到希望，便向对方提出了分手，她的本意是想曲线救国，却不想竟然输得一塌糊涂。这个已成定局的尴尬让她难承其重，于是，便轻巧地一转身，翩然离开了。

她离开的瞬间一定会想："你看，我死了，他活着，我比他幸福。"她以为良心的谴责会让他痛苦终生，她以为她赢了，其实，她做了一个名副其实的逃兵。因为，比起成全卑微的爱情，自杀轻得像一粒落都落不下来的尘土。

这一点上，我比她要条理清楚，我也得宠于一场看不到未来的爱情，可是，我从未想过放手。爱是我一个人的事情，至于我爱上的人，得之，我幸，失之，我命。我只需要实践掌握这四个字就行了——死心塌地。当然，这场实践必需的一个大前提就是，我还活着。

我不相信所谓魂灵和来生，所以，我要为我的爱情分秒必争。

不要嘲笑我的愚蠢和固执，这是我爱一个人的方式，决不自杀，即便结束，我也要等到生老病死，或者他杀发生。因为这样的结束方式是属于我无法掌控的，我也肯定会心无愧疚。我已经用足够长的时间爱过他了，现在心和身体一起死亡，我多幸福。而那个被我爱上的人，他这一辈子都要拿我没有办法。我不违法乱纪，不损人利己，我不夺人钱财，不欺人妻女……我不给他任何理由和借口将我拒之千里，他除了顾虑重重，焦头烂额又能拿我怎样呢？这样，我卑微到了尽头，也就成了英雄。身后人肯定会给我标上这样的注脚："瞧，她用一辈子爱了一个不爱她的男人。"或褒或贬，与我无关，我知道我爱过就行了。

而如果我没有足够多的勇气成就我卑微的爱情去选择自杀的话，那么，我只可能有两种结果，一是我死了，心不甘，二是我自杀未遂，身心俱痛。倒不如让一生耗尽，做个英雄，死也不自杀。尽管我很清楚，逃兵和英雄是只差一辈子的事情。

119. 渐行渐远的自立——别拿良心说事

我们最初是光着身子来到这个世上的，先是被衣服束缚，后来便开始被许多东西束缚，爱情虽然生在人身上，但其一直是自由身，自生自灭，谁也拿它没办法。

但凡男人不爱一个女人了，女人常会以良心为标尺，去呵斥这个男人："你这个没良心的，我那么爱你，你却……"

这话说得似乎也合乎情理，但要细琢磨起来，还真不是那么回事。爱情这东西其实最不是个东西了，它不比财物，有精确的度量衡，你借我多少，还多少。林林总总，毫不马虎。这可能也就是感情纠纷为什么会比财产纠纷多的缘故。

从古至今，没有哪个计量单位是专为爱情所设制的。所以，爱情本身就是本糊涂账。聪明点儿的人从不会在爱情上计较收支，知道算也是算不清的；但有些人却难免会钻牛角尖，非得把爱情这本糊涂账给它算清楚了。怎么算？实在没招了，只好把良心拿出来。我对你好了，你却对我不好，你便没良心了。其实明明是没感情了，却被扣上了个没良心的罪。

明白人都知道，感情和良心从来就是两码事。可很多人往往会在这个节骨眼上让感情逃之夭夭，却把良心捉来严刑逼供，害人害己，劳财伤命。

说这些，并不是在为那些负心的男人保驾护航，只是希望女人能明白一个道理——别跟良心过不去，也别拿良心说事。你要的是爱情，不是良心。当然，你可能既要爱情，也要良心，这是第二码事。

可有些女人就是认死理，我爱你了，你就得爱我，明明没有感情了，还要死拉硬扯地把男人再揪回来。“没良心”的男人，任你再怎么揪，就是好汉不回来。可那些还有些“良心”的男人，看不过女人一哭二闹三上吊，人是回来了，心没回来，爱情自然也没回来，能回来的充其量就是个同情了。可女人这时候就不那么较真了，她不会去计较，她要的是爱情而不是同情，她甚至还会误以为这种同情就是爱情了，她甚至会在这种自以为是的、假冒伪劣的“爱情”里自得其乐。于是，可悲的女人更加可悲，可怜的男人更加可怜。

我们最初是光着身子来到这个世上的，先是被衣服束缚，后来便开始被许多东西束缚，爱情虽然生在人身上，但其一直是自由身，自生自灭，谁也拿它没办法。女人不能，男人也不能，良心亦不能。所以，有时候不是男人没良心，也不是男人不想爱了，只是爱情它死了，只要它不想活过来，谁也救不活它。所以，不要强求它，也不要强求它的依附者。

我知道，肯定会有一大部分女人对我的观点横加反驳，但我想说句良心话，我们的父辈经历了吃不饱穿不暖的岁月，他们可能没有过多的心思去关照内心的一些需求，于是好像有了很多很幸福的人，但其实不然。爱情是个化学反应，但凡是喝水吃饭的人，都会体验这个反应。只是有些人知道让自己满足，有些人知道让自己忍受。现在，我们能吃得饱了，穿得暖了，我们有心思去关照内心了，那就把它关照得好一些，否则，就是真的没良心了。

最后，还是要说句，良心是个很微妙的东西，但我断定，每个人都有。不要拿良心去衡量爱情，也不要拿良心去要挟爱情。良心很少，很金贵，无论哪个人，他都宁愿你说他没感情了，也不愿你说他没良心了。倘若你这么说了，那他定要做出些事情来证实自己是有良心的，可他所作的那些证实最不可能是爱情了。而女人最终想要的，只是爱情。所以，反复思量，还是不要为难爱情，不要为难男人，更不要拿良心说事了。在感情这件事上，随遇而安，可能大家都会活得更轻松一些。

120. 渐行渐远的简单——男人究竟是什么东西

我其实是样很简单的东西，有老娘亲，有喜怒哀乐，而且模仿力很强，譬如，你对我好，我便会对你好；你信任我，我便会信任你；你理解我，我也自会理解你的。

前几日，做一个专题时无意看到了一个陌生人的博客，她在博客里写了这样一句话："男人究竟是什么东西，我想大家都清楚。"她的这句话，贬意重重，可也正是这句话，透露给我了一个消息，她根本没搞清男人是什么东西。

这样说话的女人往往都不幸福，幸福的女人是不会说这样的话的。因为，往往不发言的人才是知道正确答案的。

我一直觉得女人很像是孩子，当她亲近男人的时候，很像是一个孩子去亲近一样玩具一般。当这样玩具合了她的脾性，她便觉得欢喜，而当她搞不懂这样玩具的时候，她便会情绪烦躁，坐立不安。而当一个女人搞不懂一个男人的时候，或者说，这个男人总是合不了女人的脾性时，女人便时常会说这样的话。语气里尽是愤懑、埋怨，但其实也有很多的不甘心，像一个孩子因不会操作一样玩具而发怒一样，并不代表其不想要。

再温柔的女人，在爱情里都是强权的，这是真理。女人们一般在接近一个男人的时候往往会遗忘了男人与其属性相同，却往往要以领导者的角色去侵占男人，像孩子侵占玩具一样。女人们觉得，男人如果合了她的心，顺了她的意，便是爱她的。否则，女人们便会说——我们都清楚男人是什么东西。其实，她们清楚的，无非就是这样一个事实——男人是个她们还没有搞懂的东西。

一般在这样的情况下，女人会给男人下这样一个含糊不清的定义。譬如，男人伤害了女人的时候，男人背叛了女人的时候，男人欺骗的女人的时候，那时候的女人神志几乎是不清的，思绪自然也不会清楚到哪里去，所以，她所有的愤怒只能总结成这样一句话："男人是个什么东西，我想大家都清楚。"

其实，个人意见，我觉得，女人在说那句话之前，最好再留给自己一段思考的时间。男人为什么要伤害你？男人为什么要背叛你？男人为什么要欺骗你？想好了再说，才是乖孩子，老师说过。

而女人往往会把发言和思考的这两段时间搞错位。

我一个哥们儿的女友，在我哥们儿"移情别恋"后，打电话给我，数落我哥们儿的种种不是，末了还要发一句感慨："他是个什么东西我还不知道?!"

我太清楚我的哥们儿是个什么东西了，哥们儿家穷，女孩却又总是重重要求。哥们儿依不了，便想到逃，终于找到了一个不嫌他穷的。女孩便又大放厥词。我以为她恨我的哥们儿会恨到五脏出血，可后来她竟然还总是打电话给我，询问我哥们儿的处境，想必，自是有些怀念的。

我遇到的女人也这样说，那是在我冲她发火的时候，她爱我，我知道，可是她在我父亲病危住院的时候埋怨我没有给她过生日，而且言辞激烈，我自是忍不住怒火的。女人便哭着怒吼道："你算个什么东西！"我心平气和地告诉她："我其实是样很简单的东西，有老娘亲，有喜怒哀乐，而且模仿力很强，譬如，你对我好，我便会对你好；你信任我，我便会信任你；你理解我，我也自会理解你的。”

我告知她这段话的女人根本理解不了，所以她后来还是离开我了，我觉得这没什么。就像好书要给好人读一样。我想，定会有个女人，我一边写，她一边读，过完一生。

再后来，那个不知道我是什么东西的女人又时常会打电话过来，慰问我一下，我想，她如此宽宏大量，定是想起了，我也是个对她好过的东西。

我代表所有男人，容忍一步，且算是接受女人都是孩子的脾性，但也奉劝女人一句，别把男人当玩具对待，换人的角度，做伙伴吧，那样，你自会清楚，男人究竟是个什么东西。

121. 渐行渐远的丰盈——素面朝天

她说，女人化漂亮的妆，穿华丽的衣服，都不为过。但如若被这些事物困住，出不来，那就是自找不痛快。

记得很小的时候，会为一条漂亮的裙子和妈妈哭鼻子。后来稍大些了，父母也愿意在衣着打扮上给我花银子了，便总是努力创造一些令父母满意的成绩而去换取我喜欢的衣服和饰物。

再大一点儿，参加了工作。那会儿那么年轻，几乎所有的收入全花到了衣服首饰和化妆品上。不这样不行了，青春那么短，试问哪个女子会愿意在这个金黄色的时期不善待自己？

于是，往往是省了饭票，再省了车费，再省了给父母的礼物，也一定要把自己心仪的鞋子包包或者其他物什搬回家。

然后，看自己在镜子里，像花一样地开着，心情便会超好。

后来，便开始恋爱。这个时候，更含糊不得。宁肯感冒了不打点滴，也要省下钱买漂亮的衣服和能把人弄得更漂亮的化妆品。这样，把自己放在这些精致的包装里，便以为胜券在握，可还是屡战屡败，屡败屡战着。因为，名牌衣服，精美的首饰，还有年轻的脸，从来就不是赢取爱情的足够砝码。

然后便沮丧地牵着青春的尾巴，开始相信爱情需要缘分这一说，但妆还是要化的，衣服还是要挑好的穿。谁也不想有缘人出现的那一天，自己蓬头垢面。所以，不管收腰的衣服怎么卡得人呼吸困难，不管细高跟的鞋子把脚上磨多少个泡，不管有多累，有多疲惫，有多麻木，在人前，我们依旧，必须光艳。

因为，我们不能让家人亲戚看不起，不能让同事朋友看不起，更不能让随时都有可能出现的白马王子看不到最精致的一面。所以，只能在暗夜里，洗尽浮华后，才敢和自己对话。

或许，我是幸运的，可等到终于有人肯收纳，将我据为己有时，又是那么怕，怕自己不够优秀而与他分道扬镳，不不，我不要这样的结果。所以，每当在镜子里看到下垂的眼睑，看到唇角的纹，都会惊慌不堪，定是要匆匆地奔去美容院，这种油，那种液地乱用一气。可是，世间从无灵丹妙药，谁也不能将青春扣留下来。所以，一切的努力，明明知道是徒劳，却还是要一遍一遍地挣扎。这样挣扎着，便也委屈着。

可是，再怎么不堪，都要藏在身后，不让人看见。能示人的，永远要是美丽的脸孔，合适的衣着。

这些年，我便一直，这样努力着。

某一天，突然在一本书上看到这样的措辞，说是大街上衣着光艳的女人，肯定都不幸福，而幸福的女人是那些敢穿着拖鞋便装上街，不施妆容的女人。她们大多表情慵懒，笑容浅淡。

看完那段话的时候，我对着镜子又照了照自己的脸。我承认，我没有这样的勇气。我太过虚荣，而又极其不自信。我害怕失去青春，失去爱情，害怕失去别人眼里赞许的目光。而这些，能带给我什么？

后来，我便开始时常考虑这个问题。

那个明媚的午后，我依旧想不通，便约了女友去茶楼。自不必说，化了精致的妆，着了很合身的衣服。女人却偏偏没有兴致，硬是叫我去她家里小聚。

这是个几乎可以当形象顾问的女友，半年不见，她给我的感觉，让我觉得既突然，又那么舒坦。

女友的家在一片普通的住宅小区，二楼。这是我第一次登门，她在楼下等。当时，我险些认不出她。平日精于修饰自己的女友，竟然一袭棉布长裙等在楼下，脸上没有妆，头发也有些不柔顺。我以为她不舒服，她却笑笑，说："哪有呀？"

后来，便一起进屋，她沏了茶给我，我们在阳台上，我喝茶，她浇花，一边聊着天。

当然，每一个话题都是需要引子的。却不想寒暄的时候，女友突然发现我是端端正正地坐在藤椅里的，说："穿成这样，不舒服吧，去换了我的睡衣和拖鞋会好些。"

自小和她亲密无间，便也不介意，换了她的衣服，再回到阳台上。全然像两个刚从被窝里爬出来的懒鬼。然后相视间，心照不宣地笑。

后来，便扯到了我想不通的那个问题。女友给的答案很平淡，又极其自然。她说，女人化漂亮的妆，穿华丽的衣服，都不为过。

但如若被这些事物困住，出不来，那就是自找不痛快。

女友言毕，我沉默了许久。也是，从小到大，为了衣服和化妆品，我没少费过心思。可最后还是要一天天老去，连挣扎都显得那样无力。

停了一会儿，女友又说：“想起我们小时候，舍不得吃饭，舍不得买学习资料，把钱都拿去买衣服。现在想想，真可笑。到头来，委屈了自己，却养了别人的眼。”

听着她这句调侃式的总结，我开始觉得，这绝对是个真理。于是，看着女友，说：“那你现在是悟到了，所以悔过重生了。”

她笑笑，说：“也不是，我出去工作，或者有应酬的时候，依旧会精心打扮。但是，我也学会了对自己好，我知道了我的身体和内心需要一个宽松的环境，越舒适越好，所以，我就这样宠着它们了。”

后来想想，女友说得也是。我们毕竟是为自己活着，生命那么短暂，又何必在乎别人眼里的你到底是什么样子的。更何况，精致的妆容和高贵的衣衫并不能替你锁紧爱情，也不能帮你再把青春赎回来。那么，何不放下内心的那份警惕和无奈的挣扎，而找个瞬间，素面朝天并身心坦然呢？

突然，就想到一句话，腹有诗书气自华。我想，到了这个年纪，我们是该修饰内里了。让灵魂在另一种丰盈里，长袖曼舞。因为，毕竟，当所有的青春逝去以后，我们将要在这种灵魂的安逸里，渐渐老去。也只有这种内心坦然的苍老，才会成为以后最好的慰藉。

122. 渐行渐远的感情——情调和调情

如果说情调是鸡尾酒，那么调情就是肉夹馍。这两者并无贵贱之分，重要的是，食者，他需要哪一种，或者他根本就不需要。

夜已经很深了，窗外有雨，杨子睡着了，他在叫着另外一个女人的名字。我赤着脚穿过客厅，开始在电脑上写这一天的博客，键盘的敲击声在提醒着我的孤独，也在安慰着我的疲惫。

这次杨子回来之前，我听从菲菲的建议，做了大量的准备工作，为了让我们的生活更有情调一些，我甚至把屋子里的大件摆设和小件饰品都作了变更和调整。因此，几乎是在杨子还未进门的时候，我的计划便已经实施完了。

就在杨子为我调整后的家感叹不已的时候，我不失时机地劝他去洗了澡，卫生间有我提前泡好的花瓣水，还有鲜花和红酒。然后我们去了罗杰斯吃西餐，杨子喜欢钢琴曲，菲菲说那里的钢琴手不错。从罗杰斯出来后，我又煽动杨子去海边，天色已晚，海边有零星的灯火，还有相偎的情侣。我拿出提前准备好的烟火，和杨子一起燃放，这一切，都像电影里的镜头，美得没有半点儿瑕疵。杨子脸上有意外的表情，可更多的，还是我早已经熟悉的疲惫状态。

杨子的疲惫对我来说，是个不大不小的打击，可是我还坚持着把自己自编自排的这出戏演完。因为我希望我们经营了五年的婚姻不要因为一个外来者的干扰而土崩瓦解。所以，不管杨子再怎么表现得注意力不集中，我都装做很陶醉的样子。

渐渐地，夜深了。我和杨子开车回家。CD 里是我提前就准备好的轻音乐碟子，衣橱里有我准备好的丝网带蕾丝的睡衣。一边看着杨子安静地开车，一边开始期待一场不一样的欢爱，并且期待着，我良苦用心的一切会让我们的未来有所好转。

可令我失望的是，当我从卫生间换上新买来的性感睡衣出现在杨子面前时，他已经仰面躺在床上开始打呼噜了。屋子里玫瑰精油的气息，还有CD里悠扬的旋律还都在，但我的情绪却一下子颓败下来。面对这场情感的变故，我开始觉得有些束手无策的感觉。

我和杨子是初恋，我们相识的时候，还都是小公司的普通员工。那会儿穷，住出租屋，吃五块钱一份的盒饭，穿二三十块钱的衣服。但我们谁都没觉得穷，没觉得苦。每天晚上下了班，待在十几个平米的出租屋里，没有电视，没有CD，没有网络，没有独立卫浴。可我们觉得那样幸福，我们几乎用尽所有的时间调情，然后在吱吱响的木板床上做爱。

那时候，我总是喜欢穿着廉价的内衣，有意在杨子面前搔首弄姿，要么趁他睡着的时候，用汗渍渍的脚指头挠他的脚心，或者像个孩子般缠着他索爱，说一些暧昧的，甚至低级的话语。天热的时候，我们用一大盆水，洗两个人。

而这一切，总是能给我们带来一场场声势浩荡的欢爱，杨子每次都说很好，他从来没抱怨过我没情调。

后来，我们生活渐渐好了起来，杨子也似乎开始和我有了距离。这让我总是觉得害怕，便总是不失时机地，趁他在家的时候，搬出以前玩转了的那些调情手段来勾引他。开始的时候，杨子总会经不起诱惑被我俘虏，可后来他渐渐地变得不以为然起来。这时候，我开始听到好多与杨子有关的流言，可是我不敢信，而杨子也开始指责我，说我除了会调情，什么也不懂，没一点儿情调。

好长时间，我一直把这当成杨子的无心所言，但是那次当我亲眼目睹杨子和一个年轻女孩相拥着从一家夜总会出来后，我才知道，事态比想象更严重一些。

我开始向好友菲菲求救，她是个很有情调的女人，教会我好多东西，可是杨子这一晚的表现让我知道，我所有的努力都于事无补。

我的头脑开始平静下来，我觉得，情调和调情或者并没有什么实质性的差别，若说有，那它们的差别无非就是爱与不爱。若爱了，不管是哪种方式，都会成为情感的一种润滑剂，若不爱了，哪一种方式又都显得多此一举。

如果说情调是鸡尾酒，那么调情就是肉夹馍。这两者并无贵贱之分，重要的是，食者，他需要哪一种，或者他根本就不需要。

123. 渐行渐远的天平——女人的爱情徒有虚名

她们永远以为爱情是可以为所欲为的筹码，她们永远用取悦自己的方式爱着男人。所以她们会伤心，会失望。在这一点上，男人也是极尽公平的，他取之于你，还之于你。

痴心女子，负心郎。这句话古已有之，虽然我无法考究男人究竟是什么时候被扣上了这样一顶身不由己的帽子，但我敢断定，这都是女人严刑逼供的优良产物。

不信？你往大街上这么一站，遇到十个女人，有九个都会一脸怨妇相，她们几乎逢人便会说：“我受伤了，我上当了，我被骗了。”她们的演技精湛得不露痕迹，让你不得不信，甚或会陪着她们感怀世事弄人，佳偶无缘。唯有的那一个不去抱怨男人，那是因为她为人厚道，她知道她爱着男人的感觉让她快乐，所以她觉得男人好，男人让她感觉幸福。她有入有出，都写在脸上，不做雁过拔毛的勾当。

而更多的女人在尝过爱情的甜头后，却开始轮番叫骂男人的不好。她们会说，男人爱着她的时候会怎样怎样好，男人不爱她了就怎样怎样不好。她们只顾着面红耳赤地声讨男人，却忘了回过头查看自己一路走来的形迹。

女人在最初爱上一个男人的时候都是很厚道的，她不去指责他的所有不是，她觉得爱他的好就得爱他的不好；她不去计较男人的付出，却总是关注自己的给予；她不去唠叨男人的小毛病，却总是一声不吭地为男人缓解尴尬；她不会将男人一次小小的错误揪住不放，却总是会陪在男人身边与他共渡难关……

总之，那时候的女人是清醒的，理智的，无欲无求的。其实也并非完全无欲无求，只是心里明白，与眼前这个人的恋情让她感觉快乐，她就很知足了。而说实话，男人也是极尽公平的，他取之于你，定会还之于你，而你取之于他的，他也渴望偿还。这样一取一还，爱情便变得动荡不安起来。

再后来，女人发现男人天生能吃亏，你取他多少都可以，还多少他也不计较，女人便大胆起来，取多还少。发展到后来，女人以为摸到了男人的软肋，笃定了男人会被她们牵着鼻子走。于是取得更多了，还得更少了，甚至拿出一副我就是取了我就是不还你能把我咋样的嘴脸。其实男人并不是真的能吃亏，只是能吃一小段时间的亏。不要借机再去咒骂男人的私心，人有私心是天性，这一点上男女平等，而这也是广大女同胞天天挂在嘴边的口号。

真等到男人发现收支不平衡的时候，他们也知道罢工，也知道另谋高就。任何一个人都想让最低的成本产生最高的利润，这一点上，男女是同样的。女人这时候才知道傻眼了，她们开始叫骂男人的种种不是，她们的理直气壮，语调高昂，要比她们当时跟男人说那些海誓山盟时高了近百个分贝。

她们跟不同的人讲同一个被她们夸张扭曲了的故事，她们讲她们怎么怎么对男人好，而男人却看上了更好的。听她们故事的人，要么同情，要么讥笑，但听故事的人心里都会有一个问题，却不说出口，那就是："你对他那么好，他怎么会离开你呢?"没人愿意干出力不讨好的事情，所以，没人愿意提这样的问题。

是的，也许女人是对男人不错的，但女人们忘了追问自己，你给的好是否是他想要的？你让喜欢足球的男人陪你看韩剧；你让习惯了米面的胃去适应西餐怪异的味道；你让喜欢随意生活的男人适应你的洁癖，适应你的生活方式；你让男人陪你哭，陪你笑，宠你，爱你；你让男人偌大的瞳孔里只装你；你让他们放弃重要的应酬陪你逛街……

女人很聪明，常常用爱情来作为她无理取闹的凭据，却不知，男人会在这样的生活里越来越疲惫。也许会有女人有异议，她们会说："我一直都站在男人的角度去处理很多问题，我也有难处，也有委屈。"可女人不知道，男人需要的是一个爱人，却并非一个言听计从的宠物。男人和女人从来都是平等的，他们也渴望女人能顺应自己的步调，适应自己的生活方式，感知自己的快乐与否。而女人却以爱情为借口，得寸进尺。男人最终只能选择逃亡，这和严刑逼供没什么两样。于是，满大街都是痴心的女子，满大街都是负心的郎了。

其实，究其究竟，男人是最为冤枉的，因为女人的爱情看似狂涛猛浪，舍己为人，却其实，女人的爱情一直都徒有虚名。她们永远以为爱情是可以为所欲为的筹码，她们永远用取悦自己的方式爱着男人。所以她们会伤心，会失望。在这一点上，男人也是极尽公平的，他们取之于你，还之于你。

124. 渐行渐远的时尚——天使爱美丽

请相信我，每一个女人都是一个天使，时尚和美丽就是这些天使的双翼。

请相信我，每一个女人都是一个天使，时尚和美丽就是这些天使的双翼。

也请你相信我，没有哪个女人愿意做一个折翼天使，因为，似乎还在我们很小的时候，我们就懂得，如何让他，让她，让他们，看到更美丽一些的自己。美丽是个童话，时尚就是可以上演那个童话的剧场，每一个女人都是主角。

这些被叫做女人的天使携带着她们的双翼，或者说被她们的双翼携带着。她们爱着别人，也被别人爱着。她们飞翔得很快乐，或者很疲惫，也可能很茫然。因为越来越多的资讯和选择，很有可能让她们有些难以从容。到底什么样的生活方式才是健康的？什么样的美丽才是他喜欢的？什么样的时尚才是可以毫无顾忌地去追求的？……你是否也在为这些问题迷茫，像小时候去商场，不知道该选择什么样的一颗糖。

其实时尚很像是一张糖纸，而美丽就是裹在这张纸里的糖。究竟哪一种口味才是适合你的，在剥开了糖纸之后，你可能才会知道。

而你是否在一次一次地剥开糖纸后，渐渐地开始感觉疲倦，开始感觉苍老呢？时间横在我们面前，这是谁也无法逃过的磨难。但我只请你再听我说一句，只要我们仍然呼吸，那么，我们仍然是生命的主角。

如果你有足够的勇气去承认自己就是生命的主角，那么，请认真地，像孩提时那样，剥开一块块时尚的糖块，把那些包裹在糖纸里的美丽都据为己有。

时尚不需要理由，美丽也不需要借口，因为我们，存在。

我们需要的，只是选择时尚和美丽的勇气，这是一种权利，也是一种必需，因为，每一个天使都爱美丽。

125. 渐行渐远的丰盛——活着

如果有天我们淹没在人潮之中，庸碌一生，那是因为我们没有努力要活得丰盛。

身边的朋友常常跟我说起四个字——命运不公，因她们的无为和庸碌。我也曾有过这样的愤懑，但后来绝口不提。我给她们看黄碧云的小说《她是女子我也是女子》，书中用红笔勾出了这样一句话：“如果有天我们淹没在人潮之中，庸碌一生，那是因为我们没有努力要活得丰盛。”看过这句话的人多少都会有些释然，我会因此而心情愉快，我喜欢看着每个人都充满希望地生活。

这本书是一个曾是孤儿现是一家私企副总的朋友送我的。记得当初她跟我哭诉“命运不公”的时候我们正在逛超市，她借宿在我这里，我带她买吃的。看她当时落寞的表情我一时找不到合适的话去安慰她，于是便指着超市里来来往往的顾客给她看，我说：“命运其实就像是一场超市采购。我们来了，用自己的钞票换许多东西，然后结账走人。各人所得的东西大小不一，多少不等，有的寡少，有的丰盛，这全要靠我们兜里银子的多少而定，而银子是用汗换来的，小学的课本上说过。

她听了我的话，她努力了，她成功了，而我却依然平庸，因为我说给她的话在我这里没有得到实践。心情不好的时候我会去她那里坐坐，某天她就送了我这本书，我一直以为送书给我只是为了回报我当初给她的好，却不经意地在书上看到了用红笔勾出来的这段话，看到的时候，我表情幸福。我不再抱怨际遇不堪，我开始努力地学习适应，然后寻找改变它的机会。

身边的朋友依旧来来往往，有的哭了，有的笑了，有的从头来过了，有的又哭了，我无一例外地给他们看黄碧云的这段话。在这句话里黄碧云没有提到命运，看来命运和丰盛是无关的。那么，除了努力，我们似乎再无事可做。